Früher als es noch schneite

AF220398

Christa Bohlmann

Früher als es noch schneite

Bibliografische Information der Deutschen Bibliothek:
Die Deutsche Bibliothek verzeichnet diese Publikation in
der Deutschen Nationalbibliografie; detaillierte Daten
sind über <http://dnb.ddb.de> abrufbar.
2020 Christa Bohlmann
Zeichnungen Petra Landau
Bearbeitung des Titelfotos: Eckhard Schadwinkel
Herstellung und Verlag: BoD - Books on Demand
Norderstedt
ISBN 9783751984638
www.bod.de

Für

Andreas

Inhalt

	Seite
Vorwort	11

Winter

Winter 2019/2020	14
Nicht nur draußen kalt	16
Wintervergnügen	18
Winterkleidung	22
Katastrophenwinter 1978/1979	24
Der Garten im Winter	27
Geschenke, Geschenke	31
Bitte zu Tisch	34
WSV	39
Stürmische Zeiten	42
Gehwege	44
He brennt	46
Kohleaugen und Wurzelnase	48

Frühling

Frühjahr, Frühling, Lenz	55
Frühlingserwachen	59
Im Märzen der Bauer	61

Von Ziegen und Zicklein 66
Frühlingshafte Flora 69
Mithilfe 72
Sandkasten 76
Ostern 78
Osterkatze 82
Schützenfest 84
Corona und Magnolien
im Schneegestöber 88
Grün 93
Vogelhochzeit 95
Pfingsten 97

Sommer

Wann wirds mal wieder richtig
Sommer 102
Unterrichtsgang 104
Rettung 108
Pack die Badehose ein 112
Eis 117
Friedhof 119
Bickbeeren 122
Faulenzen 125
Ernten 129
Es brennt 133
Mücken 137

Urlaub   139
Kornblumen & Co.   141

Herbst

Gedanken zum Herbst   144
Feste und Feiertage   147
Herbstdüfte   151
Basteln   155
Hagebutten   158
Ackerbau und Viehzucht
für Anfänger   161
Äpfel   166
Noch mehr Feiertage   169
Reformationsfest   174
Freimarkt   177

Zum Schluss   **180**

Vorwort

Nachdem im letzten Jahr mein Regional-Krimi „Eiskalt" veröffentlich wurde, kam mir gleich eine neue Episode für die Ermittler Schuster und Schneider in den Sinn. Es dauerte nicht lange, bis die ersten Seiten geschrieben waren, doch dann passierte etwas, das meine Gedanken total durcheinanderbrachte: Im Radio oder im Fernsehen hörte ich den Satz: „Früher, als es noch schneite". Das war der Startschuss für neue Ideen, die umgehend verarbeitet werden wollten. Schuster und Schneider sind nicht vergessen, sie warten geduldig in einer Schublade.

Ich beschloss, ein Buch über die Jahreszeiten zu schreiben und über das Leben, das sich im Laufe der Jahre in vielerlei Hinsicht so rasant verändert hatte. Es war mir wieder ein Vergnügen, einen Ausflug in die Vergangenheit zu machen und die Erinnerungen in einem neuen Buch festzuhalten. Wenn ich schon Vergleiche zwischen Vergangenheit und Gegenwart zog, durfte ein Thema nicht fehlen: Corona. Das Virus, das unser aller

Leben im Jahr 2020 so sehr beeinträchtigt hat.

Entstanden ist mein neuestes Werk mit dem Titel „Früher als es noch schneite" mit zahlreichen heiteren oder nachdenklichen Kurzgeschichten. In diesem Buch gibt es keine Nostalgie-Fotos sondern hübsche Zeichnungen aus der Feder meiner Freundin und Nachbarin Petra Landau.

Wie in jedem Jahr haben mich meine Heinzelmännchen unterstützt. Ihnen sage ich ein herzliches Dankeschön.

Heinz, der sich als erster meine Geschichten anhören musste.

Mit Rosi, meiner Schwester und Lektorin, hat die Korrektur richtig Freude gemacht, weil wir viele gemeinsame Erinnerungen haben.

Petra danke ich für die wunderschönen Zeichnungen. Auch sie machte sich noch einmal auf die Fehlersuche.

Eckhard, der das Titelfoto aufbereitet hat. Ihm danke ich auch für die technische Beratung, auf dem Weg vom Manuskript zum Buch.

Winter

Winter 2019/2020

Ein Blick aus dem Fenster bestätigt die Ansagen der Wetterfee: Es ist bedeckt, manchmal eher stark bewölkt. Am Himmel ist kein Fetzchen Himmelblau zu sehen. Ein trüber Tag! Wieder einer! So wie gestern und so, wie er morgen sein wird. Schauer und Nieselregen lösen sich ab. Trocken war es seit Tagen nicht. Es ist Winter, heute ist der 31. Januar 2020. Das Thermometer zeigt 11 Grad. Dieses Wetter schlägt aufs Gemüt und dagegen kann man sich kaum wehren. Bislang hat es in den Wintermonaten noch nicht geschneit und nur selten gab es Minusgrade. Ausnahmewinter 2019/2020, sicher aber Folgen der Erderwärmung. Ich bin Weihnachten 1945 geboren und kann mich inzwischen an zahlreiche Winter mit niedrigen Temperaturen erinnern. Da lag der Schnee unter Umständen in den Monaten November bis März. Den bescherte uns eine beständige Wetterlage und der eisige Ostwind. Der Wunsch, weiße Weihnachten zu erleben, wurde früher oft von Petrus erhört.

Heute ist es eben anders geworden und da nützt kein Jammern. Lieber wollen wir uns an die Kinderzeit erinnern, in denen die Wintermonate noch ganz anders verliefen.

Nicht nur draußen kalt

Beheizt wurden nur unsere Wohnküche und die Küche der Großeltern. In der guten Stube bollerte das wärmende Feuer im dunkelbraun emaillierten Küppersbusch Ofen nur zu Weihnachten. Die Schlafräume wurden nicht beheizt. An den Fensterscheiben bildeten sich bizarre Eisblumen, die den klaren Durchblick nahmen. Manchmal glitzerten winzige Eiskristalle an den Tapeten der Außenwände. Nicht selten gefror die Atemluft auf dem weißen Damast-Bettbezug. Unsere Mutter verteilte abends rechtzeitig Wärmflaschen in den Betten. Gewonnen hatte derjenige, dem die Gummiwärmflasche zugeteilt worden war. Die wurde in ein Handtuch gehüllt und fand ihren Platz an den kalten Füßen. Die war so schön knuddelig, dass man sie auch gern mal auf den Bauch legte. Dann gab es noch eine bauchige Zinkwärmflasche mit einem großen Schraubverschluss, an dem zum Transport ein Ring befestigt war, um sich nicht an der Flasche die Finger zu verbrennen. Auch die wurde in ein Handtuch gehüllt, was schon ein kleines

Problem darstellte, denn das rutsche leicht vom glatten Metall runter. Ebenso erging es einem, wenn man die rohrartige Wärmflasche aus Messing erwischt hatte, die mein Vater aus Munition hergestellt hatte. Oben und unten hatte er eine Platte eingelötet, die obere mit einem großen sechseckigen Messingschraubverschluss versehen. Von beiden Wärmflaschen verabschiedete sich bei nur leichter Berührung das Handtuch, das ja eigentlich ein Verbrennen der Füße verhindern sollte.

Streckte man nach ein paar Stunden die Beine aus und bekam Berührung mit den Bettwärmern, zuckte man schnell zurück, denn diese Bettbegleiter waren inzwischen eiskalt geworden und wurden schleunigst aus dem Bett verbannt.

Wintervergnügen

Das große Feld gegenüber stand wie in jedem Winter unter Wasser. Regen und Schmelzwasser konnten nicht in den gefrorenen Boden einziehen. Gerade in den Furchen hatten sich lange Eisflächen gebildet. So gab es etliche Rutsch- oder Glitschbahnen nebeneinander. Wir nahmen Anlauf und rutschten auf dem glatten Eis, so weit es ging. Jeder wollte Sieger werden. Manchmal nahmen wir auch einen weiteren Weg in Kauf, trafen uns bei Lisa und rutschten und glitschten dort auf einer großflächigen Eisdecke. Schlittschuhe hatten wir nicht, seltsamerweise war es nie ein Wunsch von mir, diese zu besitzen. Dabei beneidete ich die Kinder, die so elegant Schlittschuhlaufen konnten. Das ging in Bassum auf dem Petermoor, der in den 50er und 60er Jahren eher ein Naturteich war. Rosi und ich besaßen beide einen Schlitten. Meiner war klein und selbstgemacht. Mein Vater hatte das Eisengestell aus dickem Draht gefertigt, ich glaube, es handelte sich um Moniereisen. Die Sitzfläche war aus

Holzlatten und ähnelte dem Schlitten meiner Schwester.

Mein kleiner Schlitten sah zwar gut aus, aber er taugte nicht zum Rodeln, denn die dicken Eisendrähte zogen gleich tiefe Spuren in den Schnee, auch wenn mein Federgewicht keine große Belastung war. Er glitt nicht! Ich war ziemlich neidisch auf Rosis Schlitten, der so wunderbar auf den Kufen glitt. Vielleicht hatte der Weihnachtsmann ja im nächsten Jahr ein Einsehen und brachte mir auch einen solchen.

Fast in jedem Winter war meine Brille zerbrochen, denn sie galt den größeren Jungen aus der Nachbarschaft als Zielscheibe. Die Schneebälle sausten an meinem Kopf vorbei, bis einer die Brille getroffen hatte. „Brillenschlange, Brillenschlange" riefen sie und liefen davon. Diese Worte schmerzten mehr als die Treffer mit den Schneebällen.

Irgendwann hatte Rosi das Interesse an ihrem Schlitten verloren und ich durfte damit zum Bürgerpark fahren. Ich holte Uschi ab und wir zottelten zur Syker Straße. Hier, im Bürgerpark, tummelten sich viele Kinder, ihr Gejohle war schon von weitem zu hören. Unermüdlich fuhren sie den Berg hinunter, ließen den Schlitten weit auslaufen, kraxelten wieder nach oben, um sich für die neue Talfahrt anzustellen. Ein paar Bäume waren zu beachten, die irgendwie im Weg standen. Es machte uns einen Heidenspaß. Ich lenkte den Schlitten, Uschi war Anschieberin, sprang schnell hinten auf und wieder ging es talwärts. Ich wollte gerade starten, als ich merkte, dass mir mein Sozius abhanden gekommen war. Ich drehte mich verwundert um und sah noch in Uschis lachendes Gesicht, die mich gerade veräppeln wollte. Nur für Sekundenbruchteile war ich unaufmerksam und konnte dem dicken Baum nicht mehr ausweichen. Mein Knie war ordentlich verletzt und der Schlitten, Rosis Schlitten, der so gut glitt, war nur noch in Einzelteilen nach Hause zu befördern.

Wenn es dunkel wurde, kamen wir mit roten Wangen wieder in die warme Stube, denn so böse Zwischenfälle gab es zum Glück nicht häufig.

Winterkleidung

Es war meist so kalt, dass sogar die sonst verhassten braunen langen Strümpfe in Kauf genommen wurden. Auch das schafwollene Unterhemd hielt uns warm. Mit dem hatte Rosi immer Probleme, weil es gerade nach der Wäsche verflixt kratzig war. Weichspüler gab es noch nicht zu kaufen, der das Problem vielleicht hätte mildern können.

Es gab zwei Kleidungsstücke, die ich gar nicht mochte. Zum einen war das eine dunkelblaue Skihose aus Wollstoff. Die Beine waren recht weit geschnitten, vorn waren Biesen als Bügelfalte angedeutet. Unten verengte sich der Schnitt, zwei dunkle Leinenbänder wurden um die Fesseln gebunden und die Hose mit Knoten und Schleife verschlossen. Diese Hosen fand ich mehr als unkleidsam. Sicher war die per Katalog bestellt worden, denn Skihosen waren in unserem Flachland eher nicht der Renner.

Dann war da noch eine blaue Mütze mit rostroter Stickerei. Meine Mutter konnte wunderbar handarbeiten. Es war die Form der Mütze, die mit nicht gefiel, denn der Kopf sah eher kantig damit aus. Ein Teil der Mütze reichte über den Hinterkopf von Ohr zu Ohr. In mittleren Bereich war ein weiteres Stück angestrickt worden. Das Strickteil wurde so zusammengefügt, dass die Nähte oben auf dem Kopf links und rechts ver- liefen. Nicht genug, die Strickmütze wurde mit buntkariertem Stoff gefüttert und das blaue Mützenwunder mit roten Ranken und Blüten bestickt. Unten war eine Kordel eingezogen, die ich unter dem Kinn verschließen sollte.

„Jetzt bist du schön warm eingemummelt", freute sich meine Mutter. Ich fand die Mütze pottenhässlich und steckte sie in meinen Ranzen, sobald ich außer Sichtweite war. Lieber fror ich mir die Ohren ab.

Katastrophenwinter 1978/79

Und dann war da noch der Katastrophen-
winter 1978/79. Mit eisiger Kälte und
extremen Schneefällen wurde nicht nur
Norddeutschland ins Chaos gestürzt. Das
nördliche Niedersachsen und Schleswig-
Holstein waren besonders betroffen. In
Mecklenburg-Vorpommern war es vermutlich auch nicht viel besser, aber darüber
wurde bei uns weniger berichtet. In der
eiskalten Silvesternacht begann das Drama.
Mitte Februar wiederholte sich die
gefährliche Lage, denn es kam zu mehr-
tägigem Schneesturm, der meterhohe
Schneeverwehungen entstehen ließ. Das
öffentliche Leben kam vielerorts zum
Erliegen. Vielfach wurde Katastrophenalarm
ausgelöst und Fahrverbote verhängt.
Zeitungen konnten nicht verteilt werden, so
blieb als Informationsquelle Telefon,
Rundfunk und Fernsehen. Stromausfälle
machten das in vielen Gebieten auch nicht
mehr möglich. Ungeplant kam es zu
Hausgeburten, weil die Schwangeren nicht
ins Krankenhaus befördert werden konnten.

Die extreme Wetterlage hatte schon einige
Todesopfer gefordert. Verstorbene mussten
im Haus bleiben, denn kein Arzt konnte sich
den Weg zum Trauerhaus bahnen und der
Bestatter konnte erst nach ein paar Tagen
seinen Auftrag erfüllen. Die Landwirte
wussten nicht, wohin sie mit der Milch
sollten, denn die Milchtransporter konnten
die Höfe auf den zugeschneiten Straßen und
Wegen nicht erreichen.

Unsere kleine Leidenschaft war wetter-
unabhängig: Wir waren versessen auf die
Hitparade, die wir regelmäßig im Radio
hörten. Neben dem Radio stand unser
Kassettenrekorder, den wir zum Aufnehmen
unserer Lieblingsschlager benötigten. Dann
mussten wir mucksmäuschen still sein, um
eventuelle Nebengeräusche nicht mit aufs
Band zu bekommen. Ein leichtes Klicken
beim Ein- und Ausschalten war allerdings
nicht zu vermeiden. Meistens wollten wir auf
die Textbeiträge verzichten und nur die reine
Musik aufzeichnen. Mein Mann oder ich –
einer hatte die Aufgabe, die Tasten des
Rekorders exakt zu bedienen. An diesem

Abend war Heinz an der Reihe, denn ich befasste mich mit der Bügelwäsche. Es machte mir richtig Spaß, denn mein erstes Dampfbügeleisen hatte Premiere. In Ruhestellung wurde es auf einem Metalluntersetzer geparkt. Wenn ich das Bügeleisen abstellte, zischte es wie eine alte Dampflok. Das Aufnehmen der Schlager war an diesem Abend nahezu unmöglich, das merkten wir schnell. Kaum ein Song wurde von Anfang bis Ende gespielt, weil der Sprecher immer wieder neue Fahrverbote und Straßensperrungen melden musste. Die weitere Störung war nicht zu überhören: „Zisch-zisch" vom schnaufenden Bügeleisen und das kurze „Klack" bei Aufsetzen desgleichen. Wir haben gerade diese Kassette noch häufig gehört – eine seltsame akustische Mischung war das allemal.

Der Garten im Winter

Sogar an den kurzen Wintertagen befasste man sich indirekt mit dem Garten. Sorgfältig fettete Opa sämtliche Gartengeräte ein, um sie vor Rost zu schützen. Die Spaten hingen danach blank geputzt in der Halterung unter der Dielendecke. Gerätestiele, die eben noch wackelten, wurden wieder befestigt. In der warmen Küche saßen sich manchmal meine Mutter und meine Oma gegenüber, auf den Knien hielten sie einen länglichen Korb mit getrockneten Erbsen oder Bohnen. Nun galt es, die Saatkörner aus den zähen vertrockneten Schoten herauszupulen. Manchmal gesellte ich mich dazu, um ihnen zu helfen, aber ich merkte schnell, das war nichts für mich. Es dauerte ja ewig, bis das Schälchen voll war.

Es gab noch eine weitere „Winterarbeit". Die Winteräpfel wurden nach dem Pflücken auf einer Lage Heu zum Lagern auf den Stallboden gebracht. Sie wurden behutsam so gelegt, dass sie möglichst keine Berührung mit dem Nachbarapfel hatten. Irgendwann wurden die Äpfel umgelagert, sie kamen auf große Obsthorden in den Keller. Zunächst wurde Gut von Böse getrennt, denn es ließ sich nicht vermeiden, dass angefaulte Exemplare dazwischen lagen. Die wurden penibel in den einen Korb gelegt. In einen weiteren Korb kamen die Prachtstücke, die immer noch schön knackig waren. Sogar wir Kinder hatten Freude beim Anblick der gefüllten Obstregale. Den Birnen erging es ebenso, doch die waren deutlich in Unterzahl und beanspruchten nur einen kleinen Platz auf der Horde. Ich erinnere mich noch gern an den intensiven Duft im Keller nach Äpfel und Birnen. Obst mit nur kleinen Schadstellen legten wir unter das Vogelhäuschen. Die angefaulten landeten auf dem Misthaufen.

Für die Vögel wurde auch gut gesorgt, denn auf ihrer Nahrungsquelle lag oft und lange eine dicke Schneeschicht. Mutti kaufte Rindertalg, ließ das Fett aus, vermengte es mit Haferflocken, Nüssen, Rosinen und sonstigen Leckereien. Beide Vogelhäuschen vor den jeweiligen Küchenfenstern wurden damit bestückt. Manchmal hing Mutti auch gekaufte Meisenringe auf oder streute loses

Vogelfutter aus. Es war eine Freude, den hungrigen Vögeln zuzusehen, den Amseln, Meisen, Spatzen und Rotkehlchen. Manchmal kamen auch freche Elstern, Krähen oder Tauben. Futterresten, die gerade auf den Schnee gefallen waren, blieben auch nicht liegen, denn so manches Mäuschen schnappte sich hier einen leckeren Bissen.

Ärgerlich reagierten die Erwachsenen, wenn sich der Maulwurf im Garten zu schaffen machte. Opa tränkte dann einen alten Lappen mit Salmiakgeist und steckte diesen in einen der unterirdischen Gänge der schwarzen Wühler, um sie zu vertreiben. Einige Maulwürfe ließen sich nicht darauf ein und wühlten weiter ihre schwarzen Erdhügelchen auf. Dann griff Opa zu härteren Maßnahmen und steckte Fallen in die Gänge. Schon von weitem konnte man erkennen, ob die zugeschnappt waren und ein blinder Grabowski gefangen wurde. Selbst Schuld, hätte er doch abhauen können. Damals standen die Maulwürfe bestimmt noch nicht unter Artenschutz.

Ich war mir doch so sicher, alles richtig gemacht zu haben, aber das stimmte nicht, denn ich handelte mir ordentlichen Ärger ein. Das Gartenland wurde gegraben, einmal im Herbst und noch mal im Frühjahr. Einmal einen Spaten tief und einmal zwei Spaten tief – in welcher Reihenfolge weiß ich nicht mehr.

Mitten auf den Acker prangte eine einzelne kräftige Grünkohlpflanze, die nach viel Schnee und Frost eher gelbgraugrün aussah. Grässlich sah das für mich aus, ein Schandfleck auf dem frisch gegrabenen Feld. Ich stapfte über das schwarze Erdreich und musste mich ordentlich anstrengen, um die Grünkohlpflanze auszureißen. Als sie irgendwann nachgab, saß ich auf dem Hosenboden. Wie sollte ich denn wissen, dass gerade diese Pflanze stehen bleiben sollte, weil sie Samen für die nächste Aussaat gebildet hatte.

Ja, danach wusste ich es nur zu gut.

Geschenke, Geschenke

Ein paar Wochen vor Weihnachten machten
Rosi und ich uns Gedanken, was wir unseren
Lieben schenken könnten, zumal wir jedes
Jahr reich beschenkt wurden. Am meisten
wurde ja etwas Selbstgemachtes geschätzt.

So legte Mutti dann ein oder gar zwei
weitere Topflappenpaare in den Schrank.
Wir bastelten Topfuntersetzer aus Wäsche-
klammern oder seltsame Fantasietiere aus
Pfeifenreinigern und weiteres gut gemeintes
Unnützes. Vati bekam Zigarren oder
Taschentücher, für beides hatte er jederzeit
Verwendung. Oma bekam eine neue

schwarze Schürze mit ganz zartem weißem Muster oder den Stoff für eine solche. Opa bekam, wie in jedem Jahr zu Weihnachten, den „Lahrer Hinkenden Boten". Das war ein Ganzjahreskalender mit wissenswerten oder auch lustigen Geschichten. Der Hundert-jährige Kalender wurde genau verfolgt, seltsamerweise stimmten häufig die Voraussagen. Aber den konnte ja nur eine von uns Schwestern verschenken, die andere entschied sich ebenfalls für Taschentücher oder Zigarren.

Oma und Opa konnten die Geschenke nicht mehr alleine besorgen und legte diese Aufgabe in Muttis Hand. Einmal bekam sie von Opa den Auftrag, für jeden der drei Enkelsöhne ein Büchlein mit Comic-Geschichten von „Vater und Sohn" zu besorgen, die er aus der Zeitung kannte. Dafür musste sie extra nach Bremen fahren. Als Opa die Büchlein in Händen hielt, war er gar nicht zufrieden und schickte Mutti erneut zu Karstadt, um diese Comics umzutauschen und dafür einen Katechismus für jeden zu kaufen. Da das nur dünne Heftchen waren, erschienen ihm diese als Geschenk zu gering.

Ich weiß heute nicht mehr, womit die Cousins in diesem Jahr beschenkt wurden. Ich weiß auch nicht, ob die Einkaufsfahrten für Mutti eine angenehme Abwechslung oder ob sie ihr lästig waren. Über schmerzende Füße, die das Bremer Pflaster nicht gewohnt waren, hat sie jedes Mal geklagt.

Bitte zu Tisch

In den Wintermonaten gab es deftige Kost, an Fett wurde nicht gespart. Es gab leckere Eintöpfe oder schmackhafte Kohlgerichte. Etwas Fleisch war immer dabei, im Keller standen schließlich reichlich gefüllte Einkochgläser bereit. Zwei Schweine wurden im Winter geschlachtet, eins vor Weihnachten, eins im Januar oder Februar, je nach dem, wie viel Speck das Schwein aus eigener Haltung angesetzt hatte. Ob Eintopf oder Kohl – das Stück Speck darin fehlte nie. Das Fett war auch Energielieferant in den kalten Monaten, wichtig vor allem für die „Frostködel" in der Familie.
Jeder hatte seine Vorlieben. Vati liebte seine Reissuppe mit allerhand Gemüse darin, Dafür kaufte Mutti extra ein Stück Rindfleisch aus der Hochrippe. Diese Lieblingssuppe nahm er auch im Henkelmann mit zur Arbeit. Opa dagegen liebte Grünkohl mit Pinkel. Am liebsten aß er drei Tage lang davon. Am vierten Tag fragte er schon, wann es denn mal wieder Grünkohl geben könnte.

Sonntags aßen wir immer eine Vorsuppe, dann das Hauptgericht, Nachtisch durfte nicht fehlen. Den gab es auch an den Wochentagen, dann war es manchmal auch Kompott, wie eingekochte Zwetschen oder Apfelmus.

Freitags gab es Fisch oder es wurde fleischlos gegessen. Pfannkuchen oder Puffer schmeckten uns sehr gut. Ich erinnere mich noch gern an Kartoffelklöße halb und halb. Die wurden im Wasserbad gegart und mit der Schaumkelle herausgefischt wenn sie gar waren und oben schwammen. Leckere knusprige Croutons ließ Mutti in der Kloß-mitte verschwinden. Dazu gab es gekochtes Backobst. Köstlich!!!

An Heiligabend gab es erst Milchsuppe, an diesem besonderen Tag „Stuten un Melk". Große Weißbrotwürfen wurden auf tiefen Tellern verteilt, die sich umgehend vollsogen und matschig wurden, sobald sie mit kochender Milch übergossen wurden. War das eine Qual für mich. Aber Heiligabend? Da war es klug, nicht zu meutern, denn das hätte der Weihnachtsmann hören können. Nach dem das überstanden war, lag bald mein Favorit auf dem Teller: gebratene Nierenwurst, auch aus eigener Schlachtung. Die sah nach Räuchern und Lufttrocknung recht schrumpelig aus. Bevor sie in die Pfanne kam, wurde sie zum Quellen in heißes Wasser gelegt. Ich weiß heute nicht mehr, was wir dazu gegessen haben, für mich zählte nur mein Drittel der Nieren-wurst, denn zwei Würste wurden aufgeteilt. Was für eine Wonne! Als ich größer wurde, war mir die Nierenfunktion klar und ich ckelte mich plötzlich vor meiner Lieblings-wurst, weil ich mich fragte, ob sie nach Pipi geschmeckt hatte.

Mutti war nicht nur eine gute Köchin, sie konnte auch wunderbar backen. Geduldig rührte sie den Teig für den Bisquitboden. Ich bot mich gern an und hielt die Schüssel, die auf Muttis Schoß stand, mit beiden Händen fest. Dabei ließ ich immer wieder die Daumen über den Schüsselrand nach innen gleiten, und hoffte auf einen Klacks von dem gelben Rührteig. Den gebackenen Boden füllte Mutti meist mit Johannisbeergellee, Früchten oder Beeren ihrer Wahl. Dann kam die Sahne ins Spiel, und darüber wundere ich mich noch heute: Ruck-Zuck hatte Mutti eine tolle schmackhafte Torte meisterlich verziert. Am ersten Weihnachtstag aßen wir eine Gans, die wir bei Kruse gekauft hatten, Später hatten meine Eltern jedes Jahr drei oder vier eigene Gänse. Die hielten das Gras kurz und bewachten das Haus. Ihr Geschnatter hatte so manchen Gast vertrieben, der durch die Dielentür ins Haus wollte.

Es hatte sich schnell rumgesprochen, dass man bei Bäcker Esser das Weihnachts-geflügel braten lassen konnte. Auch wir waren dabei, brachten unsere Gans gefüllt und gewürzt im Bräter zu Esser. Der Chef heizte am frühen Morgen den Backofen an und schon bald schmurgelten 30 bis 35 Gänse, Enten und Puten friedlich neben-einander. 30 bis 35 Hausfrauen freuten sich über die Entlastung zu Weihnachten, vor allem über den sauberen Backofen und sie holten den herrlich duftenden Weihnachts-schmaus kurz vor Mittag wieder ab. Ein toller Service!

Wenn ich zurückdenke, haben wir es doch sehr gut gehabt. Nicht jedem erging das so.

WSV

Winterschlussverkauf war Ende Januar für viele das Highlight. Ob es um Textilien oder Schuhe ging – die Händler reduzierten die Ware auf Deubel komm raus und sie versuchten, so manchen Ladenhüter an den Kunden zu bringen. In den 50er, 60er Jahren war das eine Lagerbereinigung. Die Händler brauchten Platz und Geld für die neue Saisonware. Es wurde damals selten Ware eigens für den Schlussverkauf dazu gekauft, das Angebot war auch so ausreichend. Oftmals ging es um Einzelstücke, die nur noch in bestimmten Größen zu haben waren. Bunte Prospekte, auch aus den Bremer Kaufhäusern, sollten Kunden auf die Angebote aufmerksam machen. Selten enthielten sie Abbildungen, es informierten nur Warenbezeichnungen und Preise, die natürlich tief im Keller waren.

Die Schaufenster wirkten vollgestopft, dicht an dicht hing oder stand die Ware, deren Preise zunächst verdeckt waren. Die wurden erst am Montagmorgen umgedreht und waren dann für die Interessenten sichtbar. So manch einer machte sich bereits am Samstagnachmittag oder am Sonntag auf den Weg, machte einen Schaufensterbummel und suchte sich schon mal ein Lieblingsstück aus. Am Montagmorgen ging das Gerenne los und die Kaufwilligen drängten sich vor den Eingangstüren.

Die Kundinnen stritten sich um Einzelteile und zerrten herum, jeder an einem Pulloverärmel. Oftmals gewann die lachende Dritte.

Ein früherer Kollege ging auch gern auf Schnäppchenjagd. Keiner ahnte Böses, als er sich am letzten Januarmontagmorgen krank meldete. Der Spott war für ihn schlecht zu ertragen, denn am Dienstag war ein Bild von ihm im Weserkurier. Das zeigte ihn im WSV-Fieber – er hielt eine große weiße lange Unterhose ins Bild. Sein lachendes Gesicht auf dem Foto war gut getroffen. Ganz schön peinlich!

Stürmische Zeiten

Heute ist der 13. Februar 2020. Bislang habe ich in diesem Winter weder ein Schneeflöckchen noch ein Weißröckchen gesehen.

Das Flachdach auf unserem Nachbarhaus ist randvoll vom Regenwasser und man meint, dass jedes weitere Tröpfchen das Dach zum Überlaufen bringen würde. Seit Tagen hat es geregnet. Wie stark der Regen ist und aus welcher Richtung der Wind kommt lässt sich leicht auf der Wasseroberfläche des nachbarlichen Daches erkennen. Besonders dicke Regentropfen hinterlassen Blasen auf dem Wasser.

Das Sturmtief Sabine hat uns schon seit Sonntag belästigt, zum Glück sind die Sturmböen am heutigen Donnerstag nicht mehr so stark.

Sabine hat im ganzen Land gewütet, hat vielerorts Bäume entwurzelt und gleich fünf Sturmfluten mit sich gebracht. Der Fähr-verkehr wurde eingestellt und die Deutsche Bahn ließ die Züge zum Schutz der Reisenden in den Bahnhöfen stehen. Die

Nordseeinsel Wangerooge hat es besonders erwischt, denn da wurde 80 % des Sandstrandes einfach weggespült. Auf dem verbliebenen Strandstück ist gerade noch Platz für 100 Strandkörbe geblieben, davor entstand eine Steilküste zum Meer. Da, wo sonst Platz für 1.400 Strandkörbe war. Es wird viel Arbeit geben, um den Strand für die Sommerurlauber wieder herzurichten.

Stürme oder gar Orkane gibt es schon seit Menschengedenken. Oft begann diese Gefahr schon im November und zog sich bis Februar und März hin. So manches Schiff geriet in Seenot. Ich erinnere noch an einen Orkan im November 1972, der in unserer Gegend etliche Dächer abdeckte und Bäume abbrach oder entwurzelte. Nicht zu vergessen das Rheinhochwasser oder das an der Oder. Todesopfer forderten nicht nur die Orkane Kyrill, Xaver und Friederike.
Meine Gedanken gehen zurück ins Jahr 1962. Im Februar litt Hamburg unter der großen Sturmflut, die über 300 Todesopfer forderte. Zigtausend Obdachlose wurden Sturmflutopfer, denn ein Sechstel des

Hamburger Staatsgebietes stand unter Wasser.

Ja, es ist richtig, Katastrophen hat es schon immer gegeben, aber einen Winter, in dem die Temperaturen nicht unter 4 Grad minus fielen, habe ich noch nie erlebt.

Ach, das darf ich nicht vergessen: Heute wurde im Harz die Skisaison eröffnet, heute am 13. Februar. Für den kommenden Sonntag sind 15 Grad angekündigt.

Plusgrade! Ganz schön kurze Wintersport-Saison, die Dank Kunstschnee noch etwas verlängert wird.

In den Nächten des 28. und 29. Februar hat es nachts leicht geflöckelt und eine hauchdünne Schneeschicht bedeckte das Land. Schon morgens war die weiße Pracht wieder verschwunden. Frau Holle hat wohl verlernt, wie man die Betten ausschüttelt. Böse Zunge behaupten, sie hätte auf Wasserbetten umgestellt.

Die Medien gaben bekannt, dass der erste Spargel am 01.03.2020 geerntet wurde.

Gehwege

Als ich noch Kind war, gab es noch keine Pflasterung auf den Gehwegen. Man lief auf schwarzem Erdreich, vermischt mit Schlacke. Schlacke – das waren Verbrennungsrückstände von der Feuerung mit Kohle.

Gröbere Schlackenstücke waren manchmal Hindernisse beim Radfahren. Winzige Schlacketeilchen fand man von Zeit zu Zeit in einem aufgeschürften Knie wieder. Das schmerzte höllisch und es brannte sehr. Die Wunde wurde dann in der Regel mit Wasserstoffsuperoxyd benetzt. Auf der Wunde begann es zu sprudeln und die kleinen Fremdkörper wurden aus der Wunde regelrecht herausgespült.

Auf den Gehwegen gab es natürlich auch Wasserpfützen, hier größere und da kleinere. Jeden Samstag wurde der Gehweg geharkt. Unkraut wagte gar nicht erst, den Weg zu verunzieren.

Wenn es schneite, musste der Gehweg geräumt werden. Schneeschieber gab es vielleicht auch schon zu kaufen, aber wir hatten einen Marke Eigenbau. Wie auch immer, ob gekauft oder selbstgemacht, mit einem Schneeschieber war da kaum etwas auszurichten, weil der Untergrund zu uneben war. Und so kam der gute alte Reisigbesen zum Einsatz. Es war schon ein großer Kraftaufwand, den Schnee mit großem Schwung mal nach rechts und mal nach links zu fegen. Wenn es am Tage taute und nachts wieder Minusgrade herrschten, hatten Fahrradspuren tiefe Rillen auf dem Gehweg hinterlassen, die das Laufen erschwerten. Bei Schnee- und Eisglätte streuten wir mit Sand oder Asche. Streusalz gab es damals noch nicht zu kaufen.

He brennt

Es war schon eine kleine Sensation, wenn in den 60er Jahren jemand das stattliche Alter von 90 Jahren oder mehr erreichte. Opa schaffte das, obwohl er lange krank war. Es ist noch heute oft so, dass ein alter Mensch, dem vielleicht auch die Bewegung fehlt, friert. Opa fror auch. Er hatte sich den wärmsten Platz in der Wohnküche ausgesucht. Neben dem großen Küchenherd mit der blanken Stange darum, stand die sogenannte Holzkiste. Die machte ihrem Namen zweimal Ehre, denn sie war aus Holz gefertigt und beinhaltete Holzscheite für die Feuerung.

Nicht selten saß Opa auf dieser Holzkiste, den linken Arm auf der Herdstange liegend und las die Tageszeitung. Weil er meistens fror, trug er immer ein dickes Unterhemd, darüber ein hellblaues Sporthemd und darüber eine dicke Strickjacke von Bleyle oder Kübler.

Oma war auch nicht mehr gesund, sie litt unter den Folgen mehrerer Schlaganfälle. So richtig sprechen konnte sie nicht mehr, aber wir verstanden, was sie sagen wollte.

Eines Tages kam Oma so schnell sie konnte angelaufen und rief

„He brennt! He brennt!"

Hatten wir das richtig verstanden? Schnell liefen wir in die Küche der Großeltern.

Oma hatte Recht, Opas Kleidung brannte, aber es ging zum Glück glimpflich aus. Die dicke Jacke hatte den größten Brandschaden. Das Sporthemd und das Unterhemd waren angekohlt. Der Hautschaden war dank Omas Alarm klein geblieben.

Kohleaugen und Wurzelnase

Was konnte es früher Schöneres geben, als im schneereichen Winter einen Schneemann zu bauen. Das war ein Muss für uns Kinder. Wenn wir uns von der Kälte auf dem langen Heimweg von der Schule aufgewärmt und zu Mittag gegessen hatten, gab es erst noch andere Verpflichtungen. Erst halfen wir Mutti in der Küche und machten unsere Schulaufgaben. Aber dann wurden die dicken Wintersachen und die Stiefel angezogen und es ging ab nach draußen. Dann fing alles mit jeweils einem Schneeball an, der durch den Schnee gerollt wurde um seinen Umfang zu vergrößern. Der Schnee musste etwas backig sein, dann klebte er am besten. Auf diese Weise rollten wir drei unterschiedlich große Schneekugeln. Wenn die Kraft der größeren Kinder nachließ, weil die Kugel zu groß und zu schwer geworden war, blieb sie vor Ort liegen und bildete den Rumpf des Schneemanns. Schon bald rollte Kugel Nummer zwei heran, die etwas kleiner war. Es war ein ordentlicher Kraftaufwand, Kugel Nummer zwei auf Kugel Nummer eins zu hieven. Jetzt fehlte noch der Kopf des weißen Gesellen. Meistens war ich als Kleinste für diese Kugel zuständig, die nun ihren Platz auf Kugel Nummer zwei bekam. Somit war die grobe Arbeit erledigt, und wir waren es auch von der ungewohnten Anstrengung.

Es folgte jetzt der schönste Teil, denn unser Schneemann musste ein Gesicht bekommen. Für die Augen holten wir zwei Eierkohlen aus dem Stall und setzten diese ein. Wie in jedem Jahr bekam unser Schneemann eine

Wurzelnase, im Keller suchen wir nach einer geeigneten Karotte. Schön lang und schlank sollte sie sein und vor allem gerade gewachsen. Wir hatten überlegt, den Mund aus Brotrinden zu formen und hielten das für eine tolle Idee. Das wurde uns leider von unserer Mutter verwehrt mit der Erklärung: „Die Vögel werden an den Brotrinden picken. Weil aber das Brot salzig ist, bekommen die Vögel Durst. Da sie aber kein Wasser finden, werden sie verdursten."
Ach wie schade, da mussten wir uns etwas anderes ausdenken. Weil uns nichts Besseres einfiel, gestalteten wir den Mund ebenfalls aus Kohlestückchen. Leider ließ das unseren Schneemann nicht gerade freundlich aussehen. Knöpfe fehlten noch. Schließlich sollte man ja seine Vorderseite erkennen können. Schwer zu raten aus welchem Material die waren? Na klar, es waren Eierkohle-Knöpfe.
Nun noch eine Kopfbedeckung! Meist fanden wir in der Hundertmarkskiste einen durchgerosteten Kochtopf oder einen Eimer mit Loch. Einen Schal hätten wir gerne noch gehabt, einen roten vielleicht. Der Wunsch

blieb allerdings offen. Wir fanden noch einen alten Besen, den wir aufrecht mit den abgenutzten Borsten nach oben zeigend in die untere Kugel schoben.

Zum Glück stand unser Schneemann so, dass wir ihn vom Küchenfenster aus sehen konnten. Wir waren mächtig stolz auf unseren weißen Gesellen, der uns jetzt für ein paar Wochen Gesellschaft leistete. An klaren Tagen, wenn die Sonne schien, fing die Oberfläche an zu tauen, nur an der Südseite. Nachts gefror der kalte Mann wieder, aber seine Vorderseite sah mit der Zeit blank und eisig aus.

In jedem Haus, in dem Kinder wohnten, stand ebenfalls ein Schneemann im Garten. Heimlich verglichen wir natürlich, wessen Schneemann der Größte und der Schönste war.

Wie sieht das heute mit den Schneemännern aus? Schlecht, ganz schlecht, denn ohne Schnee gibt es keinen Schneemann. Höchstens einen aus Schokolade. Setzen wir aber mal voraus, Schnee wäre ausreichend vorhanden. Hätten die Kinder heute noch Lust, sich an der frischen Luft zu verausgaben? Würden sie die warme Stube vorziehen und sich lieber mit ihrem Smartphone beschäftigen?

Stellen wir uns mal vor, einem Vater gelänge es, seinen Sohn zum Bau eines Schneemanns zu überreden. Wie würde der heute aussehen? Als Kopfbedeckung würde dieser Schneemann bestimmt eine von Vaters Mützen bekommen, davon hatte er ja genug. Eierkohlen? Der Junior könnte mit diesem Begriff kaum nichts anfangen. Vermutlich würde der Vater dem Schneemann eine Sonnenbrille ins Gesicht setzen. Die Karottennase ist zeitlos, die würde es bei unseren Fantasie-Schneemann auch geben. Der Vater würde möglicherweise die Bautätigkeit unterbrechen und mit dem Filius in den Baumarkt fahren. In der Bastelabteilung könnten sie Knete finden, aus der sich prima ein Mund formen ließe. Der Vater hielt Ausschau nach günstigen Türknöpfen, das wäre doch toll. Immerhin besser als Eierkohlenknöpfe. Zuhause suchte der Vater vielleicht nach einem Stück grüner Folie, das er zurecht schnitt und dem Schneemann als Schal um den Hals legt. Der Kleine hätte schon gequengelt, weil er fror. Er wäre ins warme Haus geflüchtet und hätte seinen Vater allein gelassen.

Der überlegte schon eine Weile, wie er dem Schneemann noch Arme verpassen könnte. Er versuchte Stangen im Schnee zu rollen und diese an dem kalten Mann anzubauen, aber das sah gar nicht gut aus und der Vater entschied sich, wie auch früher, für die armlose Variante. Eins war sicher, der Vater hatte ein paar sehr schöne Stunden verbracht und seine Kinderzeit war wieder lebendig geworden. Für ein paar Stunden nur.

Frühling

Frühjahr, Frühling, Lenz

Wenn ich an den Frühling denke, fallen mir spontan alte Gedichte und Volkslieder ein. Es sind meist fröhliche Texte, in denen oft der Winter verabschiedet wird.
Mir kommt das Gedicht von Eduard Mörike in den Sinn, das er vor mehr als 200 Jahren getextet hat:

~ Er ist's ~

Frühling läßt sein blaues Band
Wieder flattern durch die Lüfte;
Süße, wohlbekannte Düfte
Streifen ahnungsvoll das Land.
Veilchen träumen schon,
Wollen balde kommen.
– Horch, von fern ein leiser Harfenton!
Frühling, ja du bist's!
Dich hab ich vernommen!

Ein blaues Band? Hab ich noch nicht zu Frühjahrsbeginn gesehen. Was meinte er wohl damit. Da ist ja noch der Hinweis auf die Veilchen. Vielleicht sah er auch die anderen blauen Frühlingsblumen, die Perlhyazinthen, Stiefmütterchen und Primeln. Und Düfte? Wie oft hört man: Ich kann den Frühling schon riechen. Aber hören, lieber Eduard Mörike, hören konnte ich zu Frühlingsbeginn das Gezwitscher der zurückgekehrten Zugvögel. Aber Harfenklänge?

In einigen Liedern zum Thema Frühling wird der Kuckuck besungen.

Kuckuck, Kuckuck, ruft's aus dem Wald.
Lasset uns singen, tanzen und springen!
Frühling, Frühling wird es schon bald.

Kuckuck, Kuckuck lässt nicht sein Schrei'n:
"Komm in die Felder, Wiesen und Wälder!
Frühling, Frühling, stelle dich ein!"

Kuckuck, Kuckuck, trefflicher Held!
Was du gesungen, ist dir gelungen:
Winter, Winter räumet das Feld!

Wieder wird das Frühjahr freudig empfangen und dem Winter der Garaus gemacht.

Aber der Kuckuck, das ist ja auch so einer: Nach seiner Rückkehr aus Nordafrika legt das Weibchen ihr Ei in ein fremdes Singvogelnest. Nach dem Schlüpfen räumt der kleine Kuckuck das Nest erst einmal auf, wirft die noch verbliebenen Eier und eventuelle Halbgeschwister aus dem Nest, um dann als einziger Nachwuchs von den Pflegeeltern versorgt zu werden.

Ich selbst wartete früher sehnlichst auf den ersten Kuckucksruf, denn erst dann durfte der Schinken endlich angeschnitten werden. Natürlich hörte ich den markanten Ruf schon im Februar, aber das wollte mir keiner glauben. Früher hieß es, man solle seine Geldbörse beim Vernehmen des Kuckucksrufes ordentlich schütteln. Dann würde sie nie leer sein.

Ich denke, dass sich der Kuckuck hierzulande ziemlich rar gemacht hat, denn in den letzten Jahren habe ich keinen mehr gehört.

Auf meinem Nachttisch steht ein sprechender Wecker. Wenn der ankündigt, dass die Zeit zum Aufstehen da ist, hört man Kuckucksrufe. Der weckt uns zu moderater Zeit um acht, denn sehr früh aufstehen müssen wir heute nicht mehr. Doch neulich gab es einen frühen Arzttermin und wir mussten eher aus den Federn, dafür hatten wir einen anderen Wecker gestellt. Ich war schon fast startklar, als ich Kuckucksrufe vernahm und ans Fenster ging. Ich dachte gleich, dass es sich doch auszahlt, wenn man in aller Herrgottsfrühe aufsteht. Gerade wollte ich nach meiner Geldbörse greifen, als ich merkte, dass das keine echten Vogellaute waren. Da hatte ich mich ganz schön von meinem Wecker veräppeln lassen.

Frühlingserwachen

Der meteorologische Frühling beginnt immer am ersten März, der kalendarische Frühlingsbeginn ist dagegen erst am 20. März. Ebenso der astronomische, der Tag der Tag-und-Nacht-Gleiche. Wie auch immer, es beginnt die Zeit der erwachenden sprießenden Natur. Die Tage werden länger und somit steigt die Lichtintensität, verbunden mit Hormonausschüttungen, die ein allgemein besseres Befinden bewirken und oftmals zu leichter Euphorie führen. Einige Menschen klagen dagegen über Frühjahrsmüdigkeit, sie fühlen sich müde und abgeschlagen und leiden oft unter Schwindel und Kreislaufproblemen. Vermutlich ist die Umstellung des Hormonhaushalts dafür verantwortlich zu machen. Der Körper produziert jetzt Serotonin und reduziert die Produktion von Melatonin. Gereiztheit, Kopf- und Gliederschmerzen können die Folge sein.

Anderen Menschen geht es ganz anders. Durch die stärkere Hormonausschüttung wächst der Wunsch nach einem Partner oder einer Partnerin. Begünstigt wird das sicher auch durch optische Reize wie leichtere helle Kleidung und den Aufenthalt im Freien bei milderen Temperaturen.

Der Spruch „Hasch mich, ich bin der Frühling" zaubert uns ein Lächeln ist Gesicht. Frühlingsgefühle sind keinesfalls nur eine Sache der Jugend. Viele Menschen haben im fortgeschrittenen Alter den zweiten Frühling erleben dürfen.

Im Märzen der Bauer

Früher lernten wir in der Schule das Lied:

Im Märzen der Bauer die Rösslein einspannt.
Er setzt seine Felder und Wiesen in Stand.
Er pflüget den Boden, er egget und sät
und rührt seine Hände früh morgens und
spät.

Daran kann ich mich noch sehr gut erinnern.
Vielleicht ist meine Schilderung etwas
laienhaft, aber ich bin ja auch kein Experte in
diesem Umfeld.
Der Bauer lenkte zwei Pferde, sein Blick
ging auf die schweren blanken Pflugscharen,
die tiefe Spuren durch das schwarze Erdreich
zogen. Und so ging er geduldig eine Spur
neben der nächsten, bis das große Feld
umgepflügt war. Ein paar Tage später, wenn
der Boden etwas abgetrocknet war, ging der
Bauer wieder auf den Acker, um mit der
Egge das Erdreich zu bearbeiten und zu
glätten. Meistens lockte er damit
Vogelscharen an, die nach Regenwürmern
suchten, die durch die Bodenbearbeitung ans

Tageslicht befördert worden waren. Ich erinnere mich auch an Landwirte, die statt Pferdegespann mit einem Ochsen unterwegs waren.

Es dauerte nicht lange, bis Pferde oder Ochsen auf den Feldern ausgedient hatten, denn die Bauern waren inzwischen stolze Besitzer eines Treckers oder eines Lanz-Bulldogs geworden. Diese Errungenschaft bedeutete eine riesige Arbeitserleichterung. Vor Aussaat des Getreides oder vorm Pflanzen von Kartoffeln oder Rüben musste das Land gedüngt werden. Das geschah auf zweifache Weise: Es wurde Jauche gefahren oder Mist gestreut. Egal wie – gestunken hat beides.

Jeder Landwirt hatte neben seinem Stallgebäude einen großen Misthaufen liegen, auf dem er die Hinterlassenschaften von seinem Viehzeug stapelte. Es war ein Gemisch aus Produkten von Schweinen, Kühen, Pferden, Hühnern, eben von allen Tieren, die es auf dem Hof gab. Alles war mit Stroh vermischt, das den Tieren zuvor als Unterlage auf dem Stallboden gedient hatte. In unmittelbarer Nähe des Misthaufens befand sich meistens die Jauchegrube, in der sich die übel riechenden Flüssigkeiten abgesetzt hatten und dort gesammelt wurden. Irgendwo zwischen Misthaufen und Jauchegrube wurden auch die menschlichen Exkremente beigefügt.

Bald schon gab es Jauchfässer zu kaufen, mit denen der Landwirt Jauche versprühen konnte, und Miststreuer, die automatisch den Mist auf dem Acker verteilten. All das bedeutete Fortschritt und Arbeits- erleichterung. Pflanz- und Sämaschinen wurden entwickelt und hielten Einzug auf dem Bauernhof.

Diese meine Erinnerungen sind aus den 50er und 60er Jahren. Die damals arbeits- erleichternden Anschaffungen sind längst überholt, verschrottet oder gelten jetzt als Sammlerobjekt.

Sieht man heute die gewaltigen Arbeits- maschinen der Lohnunternehmer, ich meine die, die wegen ihrer Breite auf den Straßen kaum zu überholen sind, so möchte man annehmen, die könnten alles gleichzeitig: pflügen, eggen, düngen, säen und pflanzen.

Aber das war wieder der Gedanke eines
Laien.
Zum Misthaufen fällt mir noch etwas ein:

Kräht der Hahn auf dem Mist, ändert sich
das Wetter oder es bleibt wie es ist.

Das war sicher wieder ein Spruch aus Opas
Lahrer Hinkendem Boten. Aber er stimmt ja.
Doch wo sind die prächtigen Hähne
geblieben? Es ist richtig, früher haben wir
uns häufig über das morgendliche Kikeriki
aufgeregt. Gibt es jetzt keine Hähne mehr?
Oder nur stumme? Hat man ihnen das
Krähen weggezüchtet?
Heutzutage ist ja vieles möglich.

Seit dem ersten Februar dürfen die Bauern
wieder Gülle auf ihren Acker bringen,
vorausgesetzt der Boden kann diese übel-
riechenden Flüssigkeiten aufnehmen. Der
Boden darf weder gefroren, Schnee bedeckt,
noch durchnässt sein. Regen gab es mehr als
genug in diesem Februar, deshalb verschob
sich diese Aktivität bei den meisten
Landwirten auf Anfang März.
Durch die heute übliche Massentierhaltung
ist die Gülle viel konzentrierter als die
Jauche von früher. Der Nährstoffgehalt der
Gülle ist viel höher, reich an Kalium und
Stickstoff. Eine große Gefahr für unser
Grundwasser, das in einigen Regionen
bereits verseucht ist. Trotz massiver Proteste
der Landwirte wurde die Düngeverordnung
weiter verschärft. Gut so!

Von Ziegen und Zicklein

Wo heute der Nordwestdeutsche Schützen-
bund in Bassum an der Langen Straße zu
finden ist, war früher, als ich kleines Kind
war, der Marktplatz. Hier fand in jedem Jahr
der Herbstmarkt statt und ich lernte die
ersten größeren Fahrgeschäfte kennen. Das
Kettenkarussell und der Autoskooter hatten
es mir angetan. Und es roch zu lecker aus
den Buden mit den Süßigkeiten und aus der
Wurstbude.
Jedes Jahr ging Oma mit uns und einer
unserer Ziegen in die Stadt.

Irgendwann trennten sich unsere Wege. Wir
durften uns allein auf dem Markt vergnügen.

Oma ging derweil mit Ziege Gundi oder Erika zur Bockstation Auf dem Brink, aber davon wussten wir nichts. Die namenlose Hörnerziege durfte nie mit, angeblich war die schon zu alt. Mir kam es zwar seltsam vor, dass wir in Ziegenbegleitung unterwegs waren, zumal die Ziegen sonst Tag für Tag im Stall standen. Ich dachte nicht weiter darüber nach, denn der Markt schien mir sehr viel interessanter. Kurz vor Einbruch der Dunkelheit machten wir uns alle wieder auf den Rückweg.

Wenn im Frühjahr ein junges Zicklein auf die Welt kam, sah ich natürlich keinen Zusammenhang mit dem herbstlichen Ziegenausflug. Nie durfte ich dabei sein, wenn Oma in einer Stallecke herum-mauschelte. Erst wenn sie uns das kleine Lamm präsentieren konnte, durfte auch ich meine Freude an dem neuen Lebewesen haben. Die kleinen samtweichen schnee-weißen Lämmer konnten sich leider nicht lange ihres Lebens freuen, denn sie kamen als Osterbraten bei unseren Mitbewohnern auf den Tisch. Einmal gab es sogar doppelte

Freude, denn eine der Ziegen war
Zwillingsmutter geworden.

Frühlingshafte Flora

Nachdem Rosi und ich aus der Schule zurückgekommen waren, aßen wir mit Mutti unser Mittagessen. Sie hatte Oma und Opa schon um 12 Uhr versorgt, Vati bekam sein Essen im Henkelmann mit nach Bremen. Danach hieß es dann üblicherweise: „Nach dem Essen sollst du ruhen oder 1000 Schritte tun." Wenn die Sonne schien, entschieden wir uns natürlich für die 1000 Schritte. Die Küchenarbeit und die Schularbeiten mussten warten, „bis wir ums Haus gegangen waren". Das war gerade im Frühjahr ein besonderes Vergnügen. Wenn ich mich heute daran erinnere, blieb Mutti fast an jeder Blume stehen und hatte uns etwas dazu zu erzählen. Wir sahen die ersten Blüten vom gelben Winterling, der an der Hauswand leuchtete. Die weißen Schneeglöckchen versteckten sich manchmal noch im Schnee. Gelbe und blaue Krokusse zeigten ihre Farben. Wenn sie zuviel Märzensonne abbekommen hatten, lagen sie platt am Boden.
Schon bald blühten die dunkelroten Primeln. Die hatten einen kräftigen Stiel, deshalb

pflückten wir manchmal ein Sträußchen für die Vase. Diese Primeln säten sich wieder aus und blühten Jahr für Jahr in einer langen Reihe. Die heutigen Primeln sind zwar viel farbenfroher, aber mit den zarten Stielen sind sie nichts für die Vase. Nach den Osterglocken blühten die Narzissen.

Ich liebte Maiglöckchen, nicht nur die zarten Blüten, sondern auch den kräftigen Duft. Mutti wusste einige Sprüche, Gedichte und Lieder über die Blumen. Es hörte sich fast mahnend an, wenn sie wiedergab:
„Sei wie das Veilchen im Moose,

bescheiden, sittsam und fein.
Und nicht wie die stolze Rose,
die immer bewundert will sein."
Ich versuchte, mich an die Veilchen zu
halten.
Hinter dem Haus blühten Gänseblümchen,
Wiesenschaumkraut, Löwenzahn und andere
Wildblumen im Gras, die auch unsere
Bewunderung und Beachtung fanden.
Irgendwann rief die Pflicht: erst abwaschen
und dann Schularbeiten machen.

Mithilfe

Als kleine Göre wollte ich zu gerne auch bei der Gartenarbeit helfen und bot Opa meine Unterstützung an. Es faszinierte mich, wie aus den winzigen unscheinbaren Samen-körnchen kräftige Pflanzen werden sollten. Alle Samenarten sahen anders aus – wie konnte man die nur unterscheiden?
Im Herbst hatte Opa so manche Samenkapsel eingesammelt und sie trocknen lassen. Stiefmütterchensamen wurde ausgesät und wenn die winzigen Pflänzchen das vierte Blatt zeigten, konnten sie pikiert werden. Das bedeutete, dass ich Opa bei dieser Sisyphus-Arbeit zur Hand gehen dufte, denn meine kleinen Finger schienen dafür geeignet zu sein. Und ihm blieb das ständige Bücken erspart. Opa machte winzige Löcher in den feinkrümeligen Boden und ich durfte die Pflänzchen vorsichtig einsetzen und festdrücken. So füllte ich Löchlein für Löchlein. Schon bald löste Langeweile die Faszination ab und ich hatte keine Lust mehr dazu. Da waren bestimmt schon 50 Pflänzchen in der Erde, das sollte doch wohl

reichen. Opa hatte aber noch mindestens dreimal so viele Pflanzen, die er auch noch einsetzen wollte, denn er wusste, dass er wie in jedem Jahr, Freunde und Nachbarn mit Stiefmütterchen versorgen würde, die ebenfalls Freude an den großblumigen gelben und blauen Stiefmütterchen hatten.

Die Gurkenkerne wurden in einen alten Wollstrumpf zum Keimen auf die Fenster-bank gelegt. Der wurde feucht gehalten und schon bald wurden die Kerne prall, platzten auf und ein winziger Keim erschien. Es musste aufgepasst werden, dass die Keime nicht zwischen den Maschen des Strumpfes steckenblieben, denn dann brachen sie ab und waren nicht mehr zu verpflanzen. Es machte mir Spaß, den Gurken „Geburtshilfe" zu leisten. Heute bin ich sicher, dass so mancher abgebrochene Keim auf meine Kosten ging. Lob hatte ich dafür wirklich nicht verdient.

Einmal hatte ich Opa beim Kartoffellegen zugesehen. Wie er die Pflanzschnur setzte und an dieser die Pflanzlöcher für die vorgekeimten Kartoffeln entlang aushob.

Ich wusste, dass Opa nach dem Mittagessen wie üblich seinen Mittagsschlaf machen würde und wollte ihn überraschen. Konnte es kaum erwarten, seine Arbeit zu übernehmen. Dafür würde ich sicher ein dickes Lob erhalten, so wie ich es immer erhofft, aber selten erhalten hatte.

Auch ich versetzte die Pflanzleine, steckte sie am Anfang und am Ende in den Boden und hob die Löcher aus, genau wie Opa, an der Leine entlang. Da mir die Kraft fehlte, konnte ich die Hölzer der Pflanzleine gar nicht fest genug ins Erdreich stecken, mit der Folge, dass sie sich lockerten. Meine Reihe machte eher einen Bogen. Die Kartoffeln hatte ich schon eingelegt und festgetreten. Ich hob die nächste Reihe bereits aus, als Opa seine Arbeit fortsetzen wollte. Schimpf und Schande gab es statt Orden – er jagte mich lautstark vom Feld.

Manchmal begleitete ich meine Mutter, wenn sie in einer der Gärtnereien Pflanzen kaufte. Da herrschte immer Hochbetrieb, denn fast jeder Hausbesitzer hatte auch einen Gemüse-garten. Ob Kohl- oder Salatpflanzen – sie alle wurden in Zeitungspapier eingeschlagen, das bald durch die feuchte Erde nass geworden war. Rotkohl, Weißkohl, Spitzkohl, Kohlrabi und Salat wurde gepflanzt, meistens erst nach den Eisheiligen. Auch der Zeitpunkt für das Kartoffellegen wollte genau bedacht werden, denn es konnte passieren, dass ein kalter Nachtfrost die jungen Kartoffelpflanzen fast vernichtete. Es dauerte dann ziemlich lange, bis die Kartoffeln sich davon erholt hatten.

So manches Samentütchen wurde geöffnet, um den Inhalt ins Erdreich zu säen: Karotten, Rote Bete, Scherkohl, Spinat, Schnittlauch und Petersilie.

Die Erbsen und Bohnen wurden gelegt, die Zwiebeln gesteckt.

Opa war ein Fuchs, was den Garten betraf, denn er richtete sich nach dem Mond. Er lachte über andere, die schimpften, dass ihre Bohnen mit der Pflanzbohne nach oben aus der Erde wuchsen. Er wusste genau wann er das in die Erde bringen musste, was über der Erde wachsen sollte, ebenso wählte er den geeigneten Zeitpunkt für alles, was unter der Erde wachsen sollte.

Sandkasten

Wenn die Frühlingssonne warm genug war,
zog es uns natürlich zum Spielen nach
draußen. Unser Sandkasten war den langen
Winter über verwaist, aber so gern wir darin
spielen wollten, es machte keinen Spaß, weil
der Sand fest und hart geworden war. Die
obere Schicht war grünlich geworden und
sah nicht gerade einladend aus. Auch wenn
es herrlich warm erschien, im Sandkasten
war es kalt. Wir gruben höchstens nach ein
paar Spielsachen, die im Sandkasten unter
Schnee und Eis überwintert hatten. Wir
hatten ein Schäufelchen aus Blech mit einem
Holzstiel und ein paar kleine Kuchen-
förmchen aus Blech, denn buntes
Plastikspielzeug gab es noch nicht.
Alles sollte es sich bald ändern, denn bei
nächster Gelegenheit fuhr unser Vater mit
dem Handwagen zur Sandkuhle, um neuen
Sand zu holen. Einmal durfte ich mit und auf
dem Rückweg oben auf dem Sand thronen.
Diese Sandkuhle flösste mir ordentlich
Respekt ein, denn mein Vater erzählte von
Kindern, die unbeaufsichtigt in einer

Sandkuhle gespielt hatten und von herab
fallenden Sandmassen verschüttet wurden.
Das war zwar nicht bei uns im Dorf passiert,
aber dennoch blieb ich diesem Ort lieber
fern. Ich fand das zu gruselig.

Wenn der neue Sand da war, mussten wir
noch ein paar Tage warten, bis er spielbereit
war. Erst nachdem er gründlich abgetrocknet
war, bespielten wir ihn, bis er feinkrümelig
war. Der Sandkasten war groß genug für
mehrere Kinder, sogar unsere Puppen
nahmen wir manchmal mit, wenn wir „Vater,
Mutter, Kind" spielten.

Bei jedem Verlassen dieses Spielortes trugen
wir an den Schuhen Sand mit hinaus. Der
Wind fegte häufig eine Portion davon aus der
Umrandung. So blieb es bei der Tradition:
Unser Vater holte im nächsten Frühjahr mit
dem Handwagen eine Fuhre Sand für uns.
Danke Papa!

Ostern

Ostern – das bedeutete auch, dass es
Geschenke gab. Nicht so viel wie zu
Weihnachten, aber immerhin. Wenn das
Wetter es zuließ, bauten wir draußen
Osternester aus Moos. Sollten Regentage
angekündigt sein, bauten wir drinnen die
Nester aus grasgrüner Holzwolle. Je mehr
desto besser, denn der Osterhase würde sie
schon füllen.

Es gab dann tatsächlich Kleinigkeiten für die
Schule, Socken oder Kniestrümpfe und
natürlich Ostereier. Bunt gefärbte Hühnereier

lagen neben Dragee- oder Schokoladeneiern in den Nestern.

Ich erinnere mich noch an ein Jahr, in dem es Petrus überhaupt nicht gut mit uns meinte, denn es goss in Strömen. Ich hatte trotzdem ein paar Nester im Garten gebaut. Eins direkt unter dem Regenrohr, das ungefähr einen halben Meter über dem Erdboden endete.

Das Regenwasser lief dann über eine Betonrinne auf direktem Weg in den Garten.

Da das Rohrende unten gebogen war, gab es eine Lücke zwischen Hauswand und eben diesem Rohr. Und genau das hatte der Osterhase gefunden und mir einen bunten Ball hineingelegt. Was für ein Teufelskerl!

Mutti hatte ihren berühmten Osterpudding zubereitet. Kunterbunt lagen Eier aus Schokopudding und Götterspeise in einem Nest aus grüner Götterspeise. Das war immer ein Highlight für uns.

Zu gern erinnere ich mich an unsere Osterspaziergänge. Mutti, Vati, Rosi und ich gingen über Eschenhausen wieder zurück nach Osterbinde. Das war ein ganz schön langes Ende, wir sind die Strecke neulich mit dem Auto abgefahren. Heute sind die

Straßen asphaltiert, damals waren es unbefestigte Wege oder Feldwege. Rosi und ich gingen meistens voraus. Unsere Eltern hatten zwei Tütchen mit den kleinen bunten Drageeeiern in der Tasche und warfen uns von Zeit zu Zeit einige davon sozusagen vor die Füße. Angeblich hatte der Osterhase sie verloren. Irgendwann blieb es nicht mehr bei einzelnen Eierchen, denn auf einmal tauchten wie aus dem Nichts zwei kleine spitze Tüten auf, halb gefüllt mit den leckeren Eiern.

Vor Ostern versuchte unser Vater, uns zu veräppeln, denn er berichtete recht glaubwürdig, dass der Osterhase in diesem Jahr nicht kommen könne, weil er von einen Auto tot gefahren wurde. Aber sein spitzbübisches Lächeln verriet, das es sich auch in diesem Jahr nur um ein Märchen handelte.

In einem Jahr kam für mich die Erkenntnis. Bei unserem Osterspaziergang lag am Feldrand tatsächlich ein toter Hase. Nein, es war kein Kaninchen, es war ein langohriger Hase.

Und dann kam das „Siehste!" von unserem Papa. Was für ein Unsinn, erstens konnte hier auf diesem Feldweg gar kein Auto fahren und zweitens wusste ich jetzt, dass es mehrere Osterhasen gab, denn wie sollte einer allein auch die ganze Arbeit schaffen? Also, unserer war das nicht, der da lag.

Die Osterkatze

Und dann war da noch die Geschichte von
der kleinen Nina:
Da es ein sonniges Osterfest werden sollte,
planten die Eltern die Ostereiersuche im
Garten. Der Rasen bot mehr Moos als genug,
um daraus feine Nester zu bauen. Man
brauchte die weichen Pflänzchen dafür nur
aus dem Gras herauszuharken. Dicke
puschelige Nester wurden am frühen
Ostersonntagmorgen von Ninas Eltern mit
vielen bunten Ostereiern gefüllt. Während
die Sonne vom blauen Himmel lachte,
machte es sich Nachbars Miezekatze im
weichen Moos bequem und lag schlummernd
im weichen Nest auf den Ostereiern.
Fröhlich sprang die kleine Nina aus dem
Haus. In der Hand hielt sie ein kleines
Körbchen für die gefundenen Eier.
Aufgeschreckt von Ninas freudigem Auftritt
verließ die Katze fluchtartig das wohlige
Moosnest. Nina war jetzt fest davon überzeugt, dass sich die gesamte Menschheit
täuschte. Es gab keinen Osterhasen! Es gab
eine Osterkatze! Schließlich hatte sie die mit

eigenen Augen gesehen. Die Katze hatte die Eier im Nest hinterlassen. Nina selbst war Zeugin! Wer hatte schon einen Osterhasen direkt bei seiner Arbeit erwischt? Keiner!

(Aus meinem Buch Mixed Pickles)

Schützenfest

Anfang Mai wurde in Osterbinde traditionell Schützenfest gefeiert. Schon in den Tagen davor fand ich es spannend, wenn die Männer auf der gegenüberliegenden Straßenseite große Masten aufrichteten. Die Nachbarn halfen sich gegenseitig bei der ungewöhnlichen Arbeit.
An der Mastspitze wurde die Leine, an der die grün-weißen Fähnchen hingen, befestigt. Mutti warf dann ein langes Seil oben aus der Dachluke. Beide Seilenden wurden aneinandergeknotet und von innen straff hoch gezogen. Und schon flatterten die Fähnchen im Wind zur Begrüßung der Schützen, wenn die ihren Umzug am Samstag und Sonntag durchs Dorf machten. Es war ein Erlebnis den Umzug der Schützen zu verfolgen. Der Schützenkönig saß mit seiner Königin in einer Pferdekutsche. Beide grüßten, der König zog seinen Hut und die Königin hob huldvoll die rechte Hand zum Gruß, fast so, wie Queen Elizabeth es machte. Wenn ich mich richtig erinnere folgten noch eine Kutsche mit dem Jung-

schützen- und Kinderschützenkönigspaar und eine mit den alten Veteranen, die den Fußmarsch nicht mehr schafften. Dahinter marschierten die Schützen in ihren grau-grünen Uniformen und mit dem Schützenhut. Begleitet wurden sie vom Spielmannszug, dem damaligen Trommel- und Pfeifenchor. Auf den Festplatz stand die Schiffschaukel, eine Bratwurstbude, es gab einen Stand mit Süßigkeiten, einen mit Spielzeug und eine Bierbude, die mich allerdings nicht interessierte. Eine Schießbude durfte natürlich nicht fehlen. Wir bekamen etwas Geld und durften selbst entscheiden, was wir uns kaufen wollten. Ein paar Runden in der Schiffschaukel waren natürlich nicht zu verachten. Ein paar kräftige Arme stießen die Schaukel an und bald wehten die dünnen Zöpfchen mit den großen Haarschleifen im Wind, wenn die Schaukel richtig in Schwung gekommen war. Was konnte schöner sein? Eine Flasche Sinalco holten wir uns aus Freyes Gaststube. Dazu gab es den begehrten Trinkhalm. Der war noch aus echtem Stroh und lag in einer Hülle aus feinstem Seidenpapier. Wir knibbelten das eine Ende auf, bliesen kräftig durch den Halm und sahen, wie die leere Hülle ganz schön weit fliegen konnte. Es war oft ein kleiner Wettbewerb: Wer hatte die meiste Puste? Ach und die vielen Leckereien, die man sonst nirgendwo kaufen konnte. Da musste man doch zulangen. Mein Vater war meistens in der Schießhalle. Wenn mein kleines Portemonnaie leer war, suchte ich ihn kurzerhand da auf. Und das klappte, er steckte mir großzügig noch etwas Geld zu. Jetzt konnte ich mir die bunten Spielsachen genauer ansehen. Da lagen bunte Kreisel neben Blechspielzeug, zum Beispiel grüne Frösche, die dank einer Feder richtig springen konnten. Es gab Anziehpuppen und Glanzbilder. Nackte kleine Celluloid-Püppchen lagen dicht an dicht in einem Fach, daneben Kleidung für die nackten Püppchen. Mich reizten die kleinen silberfarbigen Bälle, die von einem bunten Netz umgeben waren und an einem Gummiband hingen. Wenn man ein paar Mal geübte hatte, klappte es ganz gut: Man konnte jemanden mit dem Bällchen bewerfen, das dann dank Gummiband wieder auf den Werfer zurücksprang. Dann gab es noch Luftschlangen zum Reinpusten. damit konnte man gut jemanden erschrecken.

Die Jungen kauften Wasserpistolen und brachten sie umgehend zum Einsatz.

Von Zeit zu Zeit warf ich auch einen Blick ins Festzelt und beobachtete die Tanzenden.

Dieses Wochenende im Mai ging immer viel zu schnell vorbei.

Ja und das Spielzeug? Lange Freude haben wir selten daran gehabt. Mit dem Satz: „Das ist doch alles nur Tinnef" hatten meine Eltern sicher Recht. Aber das hatten wir bis zum nächsten Schützenfest längst vergessen.

Corona und Magnolien im Schneegestöber

Wenn etwas beginnt, muss ja eigentlich etwas anderes enden. Als das Frühjahr 2020 begann, hätte der Winter enden müssen, aber der war ja in diesem Jahr eher komplett ausgefallen. Monatelang weder Eis noch Schnee! In der ersten Märzhälfte regnete es tagelang. Dauerregen, trübe Tage und Schauerwetter vermiesten die Stimmung. Dann folgten ganze zehn Sonnentage. Es dauerte lange, bis das Regenwasser auf dem nachbarlichen Flachdach verdunstet war. Die hellen freundlichen Tage waren ein Grund für bessere Stimmung, so sollte man meinen. Am 29. und 30. März schneite es tatsächlich und das nicht mal zu knapp. Der Schnee hatte allerdings keine Chance, liegenzubleiben. Dazu war der Boden dank der letzten Sonnentage zu warm. Immerhin fiel das Thermometer nachts auf minus 6 Grad C. Die prächtigen Magnolien, die kurz vor der Blüte standen, sahen morgens braun aus. Schade um die schöne weiß-rosa Pracht. Was hätten die Menschen diskutiert über Klimaveränderung und Klimawandel.

Aber es kam mit Corona alles anders. Dieses neue Virus kannte keine Grenzen und machte auch vor unserem Land keinen Halt. Die Angst vor Ansteckung ging um. Für ältere und chronisch Kranke kann dieses Virus todbringend sein. Die Regierung ordnete Beschränkungen ein, die Maßnahmen wurden mehrfach verstärkt: Das öffentliche Leben ruhte nahezu. Schulen und Kindergärten wurden geschlossen, ebenso zahlreiche Betriebe mit dem Ziel, die Ansteckung mit dem Corona-Virus durch zu enge menschliche Kontakte zu verhindern. Viele Menschen halten sich an die Empfehlung und bleiben zuhause. Gestrichen wurden Fußballspiele, öffentliche Konzerte, private Feiern. Seltsam, dass es kaum Aufbegehren gegen diese Verbote gibt. Jeder hofft, dass das normale Leben bald weitergehen kann. Viele Unternehmen wissen nicht, ob sie diese Ausfallzeiten auffangen können und stehen vor dem Ruin. Staatliche Hilfe ist zugesichert, ob sie reicht, wird sich zeigen.

Mir ist, als gäbe es verschiedene
Menschengruppen: Da sind die Ärzte und
Pflegekräfte, die auf den Intensivstationen
für die Schwerstfälle verantwortlich sind, die
bei ihrer Arbeit eine Ansteckung in Kauf
nehmen. Da gibt es die Verkäuferinnen und
Kassiererinnen, die ständig Kundenkontakt
haben. Sie wissen nicht, ob sie mit einer
gesunden oder einer bereits infizierten
Person zu tun haben. Ihnen kann man nicht
genug Wertschätzung entgegenbringen.
Die Virologen forschen nach passenden
Impfstoffen.
Dann gibt es die Alleinstehenden. Die
jüngeren werden über die Medien
kommunizieren. Den Älteren bleibt vielleicht
noch der telefonische Kontakt zu
Angehörigen oder Freunden. Es wird Tage
geben, an denen sie keine Menschenseele
hören oder sehen, sie sind allein mit der
Angst vor Corona.
Schulpflichtige Kinder, die sich zunächst
über unerwartete Ferien freuten, langweilen
sich und können nichts mit sich anfangen
können. Ihr Smartphone wird sie trösten.
Man hört von häuslicher Gewalt, weil die

Familienmitglieder zu lange so eng aufeinanderhocken. Existenzängste kommen unter Umständen dazu und machen die Menschen reizbar.

Es wären noch so viele Gruppen hinzuzufügen, die in dieser Krisenzeit dafür sorgen, dass wir genug zu essen haben und die, die unseren Müll abholen. Menschen, die zurzeit nicht in ihren Betrieben arbeiten können und Studenten helfen bei der Spargelernte, weil die Erntehelfer aus Polen oder Rumänien wegen der geschlossenen Grenzen ausbleiben. Nachbarschaftshilfe wird angeboten, wie man es vor Corona-Zeiten nicht kannte. Die Jüngeren sind bereit, die Einkäufe für die Älteren zu tätigen.

Aber dann gibt es noch die Menschen, die eher in die Gruppe der Nagetiere gehört: die Hamster. Sie schnappen anderen Kunden die Ware vor der Nase weg, die leeren Regale beweisen es. Es fehlen häufig Nudeln, Mehl, Konserven und vor allem Toilettenpapier. Vielleicht sind es auch die, die in Krankenhäusern große Posten Atemschutzmasken und Desinfektionsmittel

stehlen, vermutlich um diese Dinge zu horrenden Preisen im Internet anzubieten.
Verrückte Welt! Sch...Pandemie!
Über Friday for future spricht im Augenblick kaum jemand.
Wir werden heute wieder eine Kerze ins Fenster stellen.

Übrigens brauchten die Magnolien eine gute Woche Zeit, um sich von dem Kälteschock zu erholen. Dann konnten wir uns doch noch an den prächtigen Blüten erfreuen.

Grün

Anfang April ist es eine Wonne, die Natur zu beobachten. Wie viele Grüntöne zeigen sich an Büschen und Bäumen? Grüngelb, grünbraun, grünblau, olivgrün, lindgrün, hellgrün und dunkelgrün, um nur einige Nuancen zu nennen. Die Farben verändern sich täglich, denn immer mehr Knöspchen sind aufgesprungen und haben die zarten Blätter freigegeben, die sich nach und nach entfalten und wachsen. Je nach Lichteinfall verändert sich das Bild. Die Konturen zeichnen sich deutlich und klar ab, anders als im Herbst, wenn alles eher verschwommen erscheint.

Obwohl die Farbe grün dominiert, leuchten auch die gelben Rapsfelder, die Obstbaum-blüten in weiß und rosa und die zahlreichen bunten Blüten in den Vorgärten.

Im Jahr 2020 zeigt der April sich nicht so wechselhaft, wie man es sonst von ihm kennt. Seit Wochen strahlt die Sonne vom blauen Himmel, die Nächte sind noch kalt. Die Natur wartet auf Landregen, aber der bleibt aus. Schon jetzt hat es einige

Waldbrände gegeben. Bitte Petrus, verschone uns vor einem weiteren Dürresommer. Versöhnlich verabschiedete sich der April mit etwas Regen.

Vogelhochzeit

Wenn wir im Esszimmer sitzen, blicken wir direkt auf das Flachdach unseres Nachbarn, auf dem wir so manche Vogelhochzeit beobachten konnten. Im Frühjahr haben sich viele Vögel scheinbar gerade dieses Dach als Treffpunkt ausgesucht.
Es ist interessant, das Balzgehabe der verschiedenen Vögel zu beobachten.
Lustig, wenn der Täuberich seine Taube bezirzt, sie immer wieder ein Stück weiterfliegt, um mit ihrem Liebsten dann doch zu turteln. Frau Bachstelze wippt aufreizend mit ihrem Steert und lässt ihren Liebsten näher kommen.

Die Amseln mit dem gelben Schnabel, die Rotkehlchen mit orange-roter Kehle, die Meisen mit der gelben Brust, der flinke grau-braune Spatz und der winzige Zaunkönig - alle Vögel vögeln auf Nachbars Dach und sorgen für Nachwuchs. Schade, dass es im Laufe der Jahre immer weniger Vögel gibt, die sich auf diesem Dach zum Baden treffen, zur Unterhaltung und eben auch, um Liebe zu machen.

Der Anblick der Vögel erinnert mich an ein Schwalbenpaar, das ein paar Jahre lang in unserer Waschküche ein Nest gebaut hatte und darin den Nachwuchs ausbrütete. Ausgerechnet zwischen Decke und Schornsteinwand, an dem der Waschkessel angeschlossen war. Wir ließen das Fenster geöffnet, damit die Schwalbeneltern ungehindert nach draußen fliegen konnten, um Insekten und Fliegen für die hungrigen Kleinen zu suchen, die ihre gelben Schnäbel gierig aus dem Nest reckten. Durch uns fühlten sie sich offensichtlich nicht gestört. Es hieß immer, dass mit dem Schwalbenpaar auch das Glück mit ins Haus ziehen würde.

Pfingsten

Ein weiteres kirchliches Frühlingsfest ist Pfingsten. Das Pfingstfest findet immer sieben Wochen nach Ostern statt. In Abhängigkeit von Ostern fällt der Pfingstsonntag zwischen den 11. Mai und dem 13. Juni.

Die Pfingstfeste in meiner Kindheit verbinde ich immer mit Fröhlich- und Leichtigkeit bei schönstem Sonnenschein. An diesem Festtag gab es auch etwas Besonderes zu essen. Tage vorher hatte Mutti schon vorsichtig an verschiedenen Stellen neben den Kartoffelbüschen gebuddelt, um zu sehen, ob die frischen Knollen schon groß genug für den Kochtopf waren. Auch wenn sie noch recht klein waren, kamen am Pfingstsonntag die ersten neuen Kartoffeln frisch aus dem Garten auf den Tisch. Dazu gab es Spargel mit brauner Butter und Schinken. Ein Luxusessen!

In einem Jahr hatten wir Besuch, Tante und Onkel waren aus Frankfurt angereist. Traditionell gab es Spargel, Schinken und neue Kartoffeln.

Die Tante war entsetzt, als wir den Spargel mit dem Messer schneiden wollten. Sie bestand auf ein mit Wasser gefülltes Fingerschälchen und zeigte uns ihre Art, den Spargel zu verschlingen. Zwischen Zeigefinger und Daumen hielt sie die Spargelstange am Ende und ließ eine nach der anderen kopfüber (dabei meine ich den Spargel und nicht die Tante) in ihrem Schlund verschwinden. Dabei entstanden seltsame Schlürfgeräusche und aus ihren Mundwinkeln tropfte das Fett. Ich sah entgeistert zu und fragte mich, ob sie den Spargel überhaupt zerkauen würde. Es sah nicht danach aus.

Jetzt habe ich mich dafür interessiert, weshalb Knigge in Bezug auf Spargelessen ohne Messer seine Ansicht geändert hat. Früher hatten die meisten Messer keine rostfreien Klingen. Wurde der Spargel mit den rostanfälligen Messern geschnitten, fingen diese sofort stark an zu rosten.

Zu Pfingsten gab es ein neues Sommer-Sonntagskleid. Ich erinnere mich noch an ein weißes Kleidchen aus leichtem Perlon. Es hatte rosa und hellblaue Tupfen und einen weiten Stufenrock. Nachmittags spielten wir draußen. Ich kletterte auf ein Gartentor und ließ mich damit hin- und herschaukeln. Beim Absteigen blieb ich mit dem Kleid an einer Spitze hängen und hatte einen Dreiangel in den leichten Stoff gerissen. Das war nun wirklich keine gelungene Premiere fürs Kleid, mit dem ich eigentlich das Bassumer Schützenfest besuchen wollte, das immer an Pfingsten stattfand. Da gab es ein Kettenkarussell und Riekes Spielorgel sorgte für laute Musik. Viel Spaß bereitete uns das Karussellfahren, besonders in der Kaffeemühle, die sich durch Muskelkraft kleiner Kinderarme um die eigene Achse drehen ließ.

Im Jahr 2020 lassen auch die Bassumer Schützen die Uniform und die weißen Handschuhe im Schrank, denn wegen der Pandemie wurde jedes Schützenfest im Land abgesagt.

Im Radio spielten sie Pfingstlieder, unter anderem „To Pingsten ach wie scheun" oder auch „Bolle reist zu Pfingsten". Das letzte mochte ich nicht, der Text war mir zu brutal.

Aber das andere begeisterte mich jedes Jahr.
Auch meine Eltern machten mit Rosi und
mir einen Pfingst-Spaziergang. Eine weiße
„Maibüx" hatte unser Vater zwar nicht an,
aber fein gemacht hatten wir uns alle vier.
Ich fand es zu schön, wenn wir bei Schmidt's
Mühle in Eschenhausen einkehrten und ein
erfrischendes prickelndes Getränk genossen.

Sommer

Wann wird's mal wieder richtig Sommer,

…ein Sommer, wie er früher einmal war? 1974 muss ein kalter verregneter Sommer gewesen sein, denn Rudi Carell brachte seinen Schlager zum Thema Sommer 1975 auf den Markt. Ja, tatsächlich waren die Sommer in meiner Kindheit in den 50er Jahren anders. Beständig waren sie, tatsächlich mit Sonnenschein von Juni bis September. Nicht zu viel und nicht zu wenig Sonne, eben gut dosiert. Wenn es doch zu heiß geworden war, entwickelten sich Hitzegewitter, die sehr stark sein konnten und mir oft Angst machten. Manchmal hatte die Bauern großen Schaden hinnehmen müssen, denn das Getreide legte sich nach einem starken Gewitterschauer auf den Boden und ließ sich mit den Mähgeräten schlecht fassen. Mitunter hatten die Getreidehalme Kraft genug, um sich wieder aufzurichten.

Es ist aber kein Vergleich zu den Starkregenfällen in den letzten Jahren. Bei mehr als 10 Liter pro Quadratmeter in der Stunde spricht man von Starkregen, der zu

schnell ansteigenden Wasserständen und zu
Überflutungen führen kann. Die Feuerwehr
kann ein Lied davon singen, denn an solchen
Tagen gehen zahlreiche Notrufe ein, bei
denen es meist um das Leerpumpen von
Kellern geht.

Unvergessen bleiben die Hitzesommer 2018
und 2019, in denen vielerorts Hitzerekorde
gebrochen wurden. Kartoffeln, Gemüse,
Getreide, Rüben und Mais verdörrten in der
Hitze trotz Bewässerung. In manchen
Gebieten kam es zu Trinkwassermangel.
Wegen der lang anhaltenden Trocken-
perioden kam es vermehrt zu verheerenden
Waldbränden.

Nun hoffen wir, dass der Sommer 2020 wird,
„wie er früher einmal war".

Unterrichtsgang

1956 bis 1962 besuchte ich die Bassumer Mittelschule. Im fünften bis siebten Schuljahr wurden wir von unserem Klassenlehrer in den Fächern Deutsch, Erdkunde, Biologie und Geschichte unterrichtet. An einem Wochentag hatten wir geschlagene vier Unterrichtsstunden hintereinander bei ihm und das konnte, ehrlich gesagt, sehr ermüdend sein. Wenn das Wetter gut war, versuchten wir, unseren Lehrer auszutricksen, um den langweiligen Unterricht zu umgehen. Wir überredeten ihn, mit uns einen Unterrichtsgang zu machen. Heute glaube ich, dass selbst er sich darüber gefreut hat, mit uns die Gegend zu erkunden. Meistens zierte er sich zunächst, gab dann aber schnell nach. Nach der ersten Deutschstunde zog er mit seiner Rasselbande los. Wir erfuhren einiges über die heimische Flora und Fauna, fühlten uns dabei frei und unbeschwert.
Es war ein herrlicher Sommertag, als wir wieder einmal unterwegs waren. Der Weg führte durch die Stiftsfuhren und wir

erreichten den Jägerstieg, eine Holzbrücke,
die über den Klosterbach führt.

 Wenn ich mich recht erinnere, waren die
Uferseiten des Klosterbaches gerade gemäht
worden. Wir sammelten uns auf der Brücke
und warteten, ob wir das eine oder andere
Fischlein oder sogar einen Fischotter
entdecken könnten.
Einige der Jungen fingen an zu toben, zogen
sich Schuhe und Strümpfe aus und sprangen
vom Ufer ins noch ziemlich kalte Wasser.
„Das könnt ihr Mädchen sowieso nicht, ihr
seid doch alle Memmen!", höhnten die

Jungen. Das wollten wir Mädels uns nicht nachsagen lassen und ein paar von uns sprangen ebenfalls ins Wasser. Ich auch! Die Jungen wurden mutiger und sprangen von der Brücke aus in den Klosterbach, das war schon ein kleiner Höhenunterschied. Auch ich sprang von der Brücke, ach wie mutig war ich doch. Ich denke, dass unser Lehrer nicht gesehen hat, dass einer der Jungen auf das Brückengeländer stieg, um von da oben in den Klosterbach zu springen. Vermutlich hätte er diesen Sprung verhindert.

Den Spruch: „Das traut ihr euch bestimmt nicht!", wollte ich nicht so hinnehmen. Wenn er sprang, wollte ich das ebenfalls tun. Er sprang! Ich auch! Als ich oben auf dem Geländer stand, wurde mir ganz schön mulmig, aber aufgeben war keine Option. Ich hatte nicht damit gerechnet, dass der kleine Bach in der Mitte ziemlich tief war. Ganz blöd war es, dass ich auf einen Stein gesprungen war und mit einem Fuß umknickte. Platsch, da lag ich im Wasser, zum Gespött der Mitschüler. Ich war nass von oben bis unten. Was nun? Das Donnerwetter zuhause mochte ich mir gar nicht vorstellen. So wollte ich meiner Mutter nicht unter die Augen treten. Meine Freundin Uschi nahm mich mit zu sich nach Hause. Ihre Mutter rubbelte mich ab, gab mir trockene Unterwäsche und sie versuchte, Rock und Bluse trocken zu bügeln. Wenigstens Schuhe und Strümpfe waren trocken geblieben. Meine Mutter hat nie von meiner missglückten Mutprobe erfahren.

Rettung

Nachdem die kleine Anne gelernt hatte, das Fahrrad dahin zu lenken, wo sie es wollte, machte es ihr großen Spaß, mit ihren großen Brüdern auf „Tour" zu fahren. Die Eltern hatten es erlaubt, nachdem sie sich davon überzeugt hatten, dass Annes Fahrkünste ausreichend für solche Aktionen waren. Allerdings warnten sie die Kinder immer wieder vor den Gefahren durch den Verkehr der stark befahrenen Landstraße.Das war den Kindern ziemlich egal, denn sie fuhren ohnehin lieber über zum Teil holprige Feldwege durch die Natur, vorbei an Feldern, Wiesen und Wäldern.

Es gibt Menschen, die sich als Tierschützer bezeichnen. Auch Kinder. Anne auch. Eines Tages erkundeten die Geschwister wieder die heimische Landschaft. Wiesen, die von schmalen Drainagegräben durchzogen waren, hatten es ihnen besonders angetan. Hier machten sie Halt und patschten mit den kleinen Stiefeln an den Füßen durch die Wasserläufe. Anne freute sich immer darüber, ihr eigenes Spiegelbild im Wasser zu erkennen. Besonders wenn es sich lustig veränderte und verzerrte, nachdem sie kleine Steinchen ins Wasser geworfen hatte. Plötzlich stutze sie, denn neben ihrem eigenen Spiegelbild entdeckte sie einen dicken Frosch im Wasser. Der Bedauernswerte war ins Wasser „gefallen"!

Spontan sprang sie auf, um nach einem geeigneten Stock zu suchen. Damit bemühte sie sich redlich, den Frosch aus dem Wasser zu bergen. Vergeblich, denn der sprang umgehend ins nasse Element zurück, wenn es ihr gelungen war, ihn mühevoll ans Ufer zu befördern.

Ihre Brüder spielten in einiger Entfernung und verfolgten die Bemühungen ihrer Schwester nicht. Egal! Das hier, das war ihr Ding. Das musste sie ganz alleine durchziehen. Die ersten fünf Versuche waren fehlgeschlagen. Erst nach dem sechsten blieb der Frosch im Gras sitzen. Vermutlich hatte er, als der Klügere, nachgegeben. Anne fragte sich, weshalb er sich so verhielt? War er etwa lebensmüde? Einerlei, jetzt endlich hatte sie es geschafft, denn der Frosch blieb im Gras sitzen. Laut schrie sie ihren Brüdern zu, dass sie jetzt ganz schnell nach Hause fahren wollte. Die wunderten sich über den unerwarteten und doch scheinbar so dringenden Wunsch ihrer Schwester, umgehend den Heimweg anzutreten. In Annes Kopf schwirrten die Gedanken. Sie, ja sie war eine wahre Heldin! Ob die Zeitung darüber berichten würde? Oder ob es gar eine Meldung über ihre Heldentat im Fernsehen geben würde?

Ganz außer Puste war sie noch, als sie aufgeregt und stolz, wie eine kleine Spanierin, ihrer Mutter berichtete: „Mama,

Mama, ich habe einen Frosch vor dem Ertrinken gerettet!"

Wie enttäuscht mag die kleine Anne wohl gewesen sein, als sie hören musste, welches Element den Fröschen am liebsten ist. Nach mehr als dreißig Jahren wird sie von Zeit zu Zeit von den Familienangehörigen an ihre frühkindliche Heldentat erinnert. Einige Menschen können eben nie vergessen.

Pack die Badehose ein

Sommer, Sonne, Freibad, die drei passten schon früher gut zusammen. Auch mich zog es als Kind in die Badeanstalt. Da gab es ein Planschbecken, ein Nichtschwimmerbecken und ein Schwimmerbecken. Gefliest waren sie alle noch nicht, Die Wände waren verputzt und blau-grün gestrichen. Den Sprungturm gab es schon früher, damals war er aus Holz – weiß gestrichen. An den Stirnseiten des Schwimmerbeckens befanden sich die Startblöcke.

Noch heute erinnere ich mich an meinen ersten Badeanzug, den Mutti für mich gezaubert hatte. Ihre praktischen Fähigkeiten und ihre Art, aus der Not eine Tugend zu machen, hatten das abgewandelte Kleidungsstück entstehen lassen. Es handelte sich um einen wollenen blaugrundigen Bordürenrock, der zu kurz geworden war. Ich glaube, das war ein richtig gutes Stück von Bleyle, allerdings sah er schon etwas filzig aus. Das Bündchen, sonst in der Taille, wurde jetzt bis hoch unter die Achseln gezogen, Mutti hatte die Träger gekürzt und den Rock unten ein Stück zugenäht, dabei so viel Platz gelassen, dass die Beine durchschlüpfen konnten. Sah gar nicht mal so schlecht aus, aber…! Dieser Wollrock sog sich in rasender Geschwindigkeit voll Wasser, wurde schwer und schwerer und dabei schrecklich unförmig. Also die Premiere des Badeanzugs war im wahrsten Sinne des Wortes ins Wasser gefallen. Dabei hatte Mutti es so gut mit mir gemeint: Der Badeanzug sollte mich doch wärmen, weil ich doch immer so empfindlich war. Wie gut, dass ich bald einen neuen Badeanzug bekam. Das Schwimmen habe ich mir selbst beigebracht. Von der Treppe, die ins Becken führte, machte ich einen „Leichenzug" bis zum ersten Startblock. Verbissen verlängerte ich die Strecke. Bald reichte die Luft nicht für das angestrebte Ziel und ich musste zwangsläufig ein paar Schwimmzüge machen, wenn ich nicht untergehen wollte. Das hatte ich von den anderen Schwimmern abgeschaut. Ich übte fleißig, bis ich mich stark genug fühlte, um meinen „Frei-schwimmer" zu machen. Das bedeutete damals 15 Minuten Schwimmen und

Springen vom Einmeterbrett. Zunächst stand unsere Sportlehrerin am Beckenrand, um zu kontrollieren, aber schon bald lenkte sie ihre Aufmerksamkeit auf etwas anderes. Ich pustete und prustete, verschluckte mich und hatte kaum noch Kraft zum weiter-schwimmen. Das war der Lehrerin, die eigentlich Handarbeit unterrichtete, völlig entgangen. Sie gratulierte mir zu meiner Überraschung zur bestandenen Prüfung. Wie gut, dass sie nicht sah, dass ich mich zwischendurch kurz am Rand festgehalten hatte.

Interessant war es auch immer in den Umkleidekabinen, die aus Holz gebaut waren. Aus den Holzaugen hatten die Kinder Astlöcher gemacht. Die gewährten Durchblick in die Nebenkabine und wenn man Glück hatte, konnte man seinen Kabinennachbarn beobachten. War schon seltsam, als ich einmal in ein braunes Auge schaute!

Wir sonnten uns auf der Liegewiese und versorgten uns am Kiosk mit Schmökereien. Ach, so ein Badetag war fast so wie Urlaub.

Als ich 18 Jahre alt war, machte ich den Führerschein. Mein Vater fuhr mich abends zum theoretischen Unterricht. Den Rückweg musste ich per Pedes machen. Ich aber schwänzte den Unterricht, weil ich mich mit meinem Liebsten treffen wollte. Es war ein lauer Augustabend, die Sonne war bereits untergegangen, denn damals gab es noch keine Zeitumstellung. Es war eine spontane Idee: Wir beschlossen, schwimmen zu gehen, allein im Dunkel der Nacht. Wir verschafften uns Eintritt und tummelten uns bald im Wasser. Alles war mucksmäuschen- still, nur das Plätschern des Wassers war zu hören, wenn es in die Überlaufrinne schwappte. Der Mondschein spiegelte sich im Wasser. Da unsere Aktion nicht geplant war, hatten wir weder Handtuch noch Badeanzug dabei. Aber das machte uns nichts aus, wir genossen das nächtliche Bad und die Zweisamkeit.

Wir waren gerade aus dem Wasser gestiegen, turtelten noch etwas herum, als von der hinteren Seite des Freibades ein Scheinwerferlicht auftauchte. Ein VW hielt an.

Mist, hatte man uns erwischt? Eilig zogen wir die Sachen über die nassen Körper, um das Bad auf gleichem Wege zu verlassen wie wir es betreten hatten.

Das Auto hatte angehalten, zwei Gestalten waren ausgestiegen. Plötzlich hatten sie uns entdeckt, das war unverkennbar. Was jetzt passierte, hatten wir nie vermutet. Eilig stiegen die beiden, es war offensichtlich auch ein Pärchen, wieder ein und verließen das Gelände in rasantem Tempo. Die beiden Unbekannten hatten scheinbar den gleichen Plan wie wir. Aber auch die gleiche Angst, wie auch wir sie vor ihnen hatten.

Trotzdem war das nächtliche Schwimmen ein tolles Erlebnis, dass wir es in der nächsten Woche wiederholten.

Die fehlenden Theoriestunden hatten zum Glück keinen Einfluss auf das Prüfungsergebnis.

Eis

Irgendwie ist das auch eine Winter-
geschichte:

Oftmals wurden Rosi oder ich am Sonntag-
vormittag in die nahegelegene Gaststätte
geschickt, um von dort Eis zu holen. Eis? Es
ging um zerkleinerte Wassereisbrocken, die
man hier zum Kühlen der Bierfässer
benötigte. Röpen Jan, der Kneipier, bezog
dieses Eis von seinem Bierverlag. Im tiefen
Winter wurden dicke Eisblöcke aus den
zugefrorenen Gewässern gesägt. Auch am
Petermoor, dem heutigen Tierpark, war die
„Eisernte" ein großes Ereignis. In den
Kellerräumen des Bierverlages lagerten die
Eisvorräte über viele Monate.

Mutti brauchte die zerstoßenen Eisstücke,
um die Rote Grütze abkühlen oder den
Wackelpudding steif werden zu lassen. Der
Nachtisch sollte zwar frisch, aber nicht mehr
warm sein.

Dann sollten wir eine andere Art Eis
kennenlernen. Bäcker Esser belieferte uns
zweimal wöchentlich mit frischen
Backwaren. Im Sommer präsentierte er stolz

ein neues Produkt: Speiseeis. Ich erinnere mich genau daran. Es sah aus, als hätte man den Inhalt von zwei Esslöffeln aufeinandergelegt. Das ovalförmige Eis war mit einer leckeren Schokoladenschicht umgeben. Unten ragte als Griff ein Holzstäbchen heraus. Die Eisportionen steckten dicht an dicht in einen runden Kühlbehälter, die Holzstäbchen zeigten nach oben. Ach, was war das für ein Gedicht! Welch eine Erfrischung an heißen Sommertagen. Aber auch andere schliefen nicht, sie zauberten Eis am Stiel, das fruchtig schmeckte. Es war etwa daumendick. Nein, nein, nicht so dick wie ein Kinderdaumen. Etwa so dick wie Papas Daumen.

Friedhof

Die jüngste Schwester meiner Mutter war als Dreijährige im Jahr 1916 gestorben. Meine Großeltern kauften eine Sechsergrabstelle und beerdigten die kleine Adele dort. Es ist erstaunlich, dass sie fast 50 Jahre allein in dieser Grabstelle blieb. Fast 50 Jahre später wurde ihr Vater, mein Großvater, neben ihr bestattet.

Häufig begleiteten wir Kinder Mutti, wenn sie Adeles Grab pflegte. Im Frühjahr wurden Stiefmütterchen aufs Grab gepflanzt, im Sommer Geranien oder Begonien, zum Herbst Astern. Zum Totensonntag wurde das Grab winterfest gemacht und mit Tannen ausgelegt. Die verhältnismäßig große Fläche wurde geharkt, nachdem auch das kleinste Unkraut entfernt worden war.

Ich glaube, dass der Weg zum Friedhof für meine vielbeschäftigte Mutter auch eine Abwechslung bedeutete, denn sie traf hier häufig Bekannte, mit denen sie ein Schwätzchen hielt. Dann wurde es uns langweilig, aber wir hatten Freude an den vielen schönen Blumen auf den Gräbern, an dem

Vogelgezwitscher und wir stöberten das eine oder andere Kaninchen auf. Große Engel mit ausgebreiteten Flügeln auf einigen Grabsteinen beeindruckten mich sehr.

Wir hatten einen schlichten schwarzen Marmorstein. Unsere Grabstelle lag irgendwie mittendrin, wir hatten Nachbarn links und rechts und vorn und hinten. Man musste auf den Randsteinen balancieren oder eins der nachbarlichen Grabstellen betreten, um an Adeles Grab zu gelangen.

Eines Tages hatte meine Mutter keine Zeit und ich versprach, ihre Pflicht auf dem Friedhof zu übernehmen. Sollte doch gelacht sein, ein bisschen Unkraut zupfen und harken, das konnte ich doch wohl alleine schaffen.

Als ich das Grab betrat, traute ich meinen Augen nicht, denn vor dem Grabstein lagen ein paar Münzen. Es waren nicht viel, fünf vielleicht. Ich sah sie wie ein Gottesgeschenk an und steckte sie ehrfurchtsvoll in die Tasche. Dieses Geld war für mich, allein für mich! Ich dankte Gott, fuhr gleich beim Bäcker vorbei, um mir eine spitze Tüte füllen zu lassen.

Vermutlich hatte ein Grabnachbar die Jacke oder den Mantel ausgezogen und über unseren Stein gelegt. Dabei sind die Münzen möglicherweise aus der Tasche gefallen.

Bickbeeren

Heidelbeeren oder Blaubeeren sagt man
heute und man kann die blauen Beeren
jederzeit im Supermarkt kaufen. Sie werden
in großen Plantagen angebaut, sind blau und
dick und knackig. Wenn man sie heute
verspeist, bekommt man weder eine blaue
Zunge oder blaue Zähne. Sie gedeihen an
großen Büschen und können bequem im
Stehen gepflückt werden. Das war früher
anders, denn da wuchsen die Blaubeeren an
den Boden bedeckenden niedrigen
Sträuchern. Meist verbargen sich die
köstlichen kleinen Beeren unter den grünen
Blättern, die sich wie ein Schutzschild über
sie legten. Es war sehr mühselig, sie zu
pflücken, denn es garantierte gleichzeitig
Rückenschmerzen nach dem langen Bücken.
Mutti kannte von früher die besten Stellen
und so machten wir uns manchmal auf den
Weg, um die Heidelbeeren zu suchen und zu
pflücken. Rosi fuhr mit ihrem eigenen
Fahrrad und ich saß als kleiner Knirps vorn
auf einem kleinen Sattel vor Muttis
Fahrradlenker. Die emaillierte weiße

Zweiliter-Milchkanne wurde ebenfalls mitgeführt mit dem Ziel, sie bis oben hin zu füllen.

Wenn wir einen geeigneten Platz gefunden hatten, strichen wir mit der Hand über die grünen Blätter und legten sie sanft zur Seite. Dadurch wurde der Blick auf die kleinen lilablauen zuckersüßen Beeren frei, die am liebsten gleich in den Mund wanderten.

Meist ging ich so vor: Die guten ins Kröpfchen, die schlechten ins Töpfchen, denn einige Beeren waren schon überreif und andere noch etwas grün am Stielansatz. Heimlich konnte man nicht naschen, denn der blau gefärbte Mund hätte einen gleich überführt, denn die Wald-Bickbeeren enthielten noch Echtfarben. Erst wenn die Kanne voll war, ging es auf den Rückweg. Rosi fuhr vorweg, gefolgt von Mutti, die mich und die Kanne voller Heidelbeeren mit sich schleppte. Der Weg war etwas hügelig und als Rosi über eine kleine Kuppe fuhr, war sie plötzlich aus meinem Sichtfeld verschwunden. Ich sah meine Schwester nicht mehr und befürchtete, der große böse Rotkäppchen-Wolf hätte sie geschnappt. Ich schrie fürchterlich – meine Schwester war weg! Mutti versuchte, mich zu trösten und traf kräftig in die Pedalen. Als auch wir den Hügel überwunden hatten, sahen wir Rosi zum Glück unversehrt am Wegesrand stehen. Na, das war ja noch einmal glimpflich ausgegangen.

Wieder zuhause suchte Mutti uns und sich nach Zecken oder Holzböcken ab. Die hatten an mir keinen Gefallen gefunden, aber Mutti hatten sie mal wieder erwischt.

An solchen Tagen erzählte sie uns immer, dass sie als junge Frau in der Blaubeerzeit täglich mit einem Wassereimer zum Pflücken gefahren war. Die Ernte hat sie abends an dankbare Abnehmer verkauft. Schwer verdientes Geld! Sie erzählte häufig, dass sie sich davon ihre Nähmaschine gekauft hatte.

Faulenzen

Wenn die Erwachsenen auf unserem Stück
Land zu arbeiten hatten, begleiteten wir sie
häufig. Unsere Kartoffeln waren noch echte
Bio-Kartoffeln, sie mussten angehäufelt
werden, wenn die Pflanzen eine bestimmte
Größe erreicht hatten. Unkräuter wurden
gezogen, damit sie den Kartoffeln nicht die
Nahrung streitig machten.

Wir Kinder tobten auf der grünen Wiese
umher. Wenn wir genug davon hatten, lagen
wir bäuchlings im Gras und beobachteten das
Zittern der herzförmigen Ährchen des
Zittergrases. Wir suchten nach vierblättrigem
Klee und lernten schnell, Brennnesseln von
Taubnesseln zu unterscheiden. Wir
beobachteten die Bienen, die den Nektar aus
den Blüten des Wiesenschaumkrauts holten.
Den Bienen machten wir die Nahrung
streitig, indem wir selbst den süßen Nektar
aus den Blüten des Rotklees saugten. Wir
aßen die herzhaften zarten Blätter vom
Sauerampfer, der seinem Namen alle Ehre
machte – er war wirklich sehr sauer. Die
Blätter einiger Gräser waren geeignet, um

darauf zu blasen. Das Tröten war weithin zu
hören. Ebenso das Gequake der Frösche aus
der kleinen Beeke. Man hatte den Eindruck,
sie würden sich unterhalten. Das Zirpen der
Grillen war nicht zu überhören.
Wir freuten uns über die schönen Schmetter-
linge, bestaunten nicht nur Admiral und
Pfauenauge.

Voller Eifer flochten wir uns Kränze aus
Gänseblümchen und setzten sie uns auf den
Kopf. Gänseblümchen waren für diesen
Zweck am besten geeignet, denn die hatten
lange widerstandsfähige Stiele. Die hatte das
Wiesenschaumkraut zwar auch, aber da
fielen die kleinen zarten Blüten viel zu
schnell ab. Meist kamen wir erst wieder

heim, wenn wir nass, dreckig oder hungrig waren. Die heutigen Kids kommen nachhause, wenn der Akku leer ist.

An heißen Sommerabenden durften wir manchmal länger aufbleiben und saßen draußen zusammen mit den Eltern. Einmal, leider nur einmal habe ich Glühwürmchen gesehen und das hat mich sehr fasziniert. Ich wunderte mich über den Namen, zumal ein Glühwürmchen doch ein Käfer ist. Aber egal, ob nun Wurm oder Käfer, sie senden hellgrüne Leuchtsignale aus, manche auch ein Dauerlicht. Wahnsinn!
Wenn aber die Fledermäuse zu nacht-schlafender Zeit durch die Luft sausten, war mir das nicht geheuer. Hatte ich doch mal gehört, dass sie sich gern in den Haaren verfingen. Zu denen wollte ich lieber auf Distanz bleiben. Eklig fand ich die grauen Nachtfalter.
Dagegen hatte ich viel Freude daran, wenn ich eine Sternschnuppe erlebte und einen innigen Wunsch damit verbinden konnte. Kaum vorstellbar, dass die Kinder aus der heutigen Zeit auf diese Weise ihre Freizeit

verbringen. Sie haben weder Zeit noch Muße
dafür oder Interesse daran. Schade!

Ernten

Was Opa im Frühjahr in die Erde gesät, gesteckt, gelegt oder gepflanzt hatte, war spätestens im Sommer erntereif. Als erstes wurde Rhabarber geerntet, die Stauden standen ganz hinten im Garten. Viele Freunde und Nachbarn waren dankbare Abnehmer für die geschenkten rotfleischigen Stangen mit dem herben Geschmack. Ein Teil wurde an die Bäckereien verkauft. Die Radieschen konnten auch schon sehr früh geerntet und verspeist werden. Man tat gut daran, die rot weißen Rübchen vorm Verspeisen durchzuschneiden, denn kleine Würmchen fanden nicht selten Gefallen daran. Die Erdbeeren mussten täglich gepflückt und verarbeitet werden. Es gab eingezuckerte Erdbeeren als Nachtisch oder gekochte unter Vanillepudding. Mit Erdbeeren wurde die Sonntagstorte belegt, doch der größte Teil wurde eingekocht oder zu Marmelade verarbeitet. Jahre später brachten wir die Erdbeeren zum Einfrieren ins Kühlhaus.

Zu Mittag gab es frischen Spinat aus dem Garten oder Scherkohl, der irgendwie ein Verwandter von Grünkohl war.

Karotten waren häufig als Beilage auf dem Speiseplan. Wie lecker schmeckten die zarten zuckersüßen Erbsen, die wir gern stibitzten. Manchmal schreckte uns Oma in Gestalt des Erbsenbocks auf. Sie zog ihre schwarze Schütze über den Kopf und machte gruseliges Geschrei, das uns aus dem Erbsenbeet vertrieb. Lange war ich mir nicht sicher: War es Oma oder tatsächlich der Erbsenbock? Wir versteckten uns zwischen den Stangenbohnen, die an den langen aufgestellten Stöcken rankelten, damit sie bequem im Stehen gepflückt werden konnten. Hastig stapften wir über Kohlrabi und diverse Kohlpflanzen, um das Versteck zu erreichen.

Wenn die Bohnen reif waren, standen sie täglich in veränderter Form auf dem Mittagstisch: als Bohnensuppe, Bohnensalat oder gestovte Bohnen. Auch die grünen Buschbohnen und die gelben Wachsbohnen wurden eingekocht. Zwei Stunden lang kochten die Bohnengläser im dampfenden

Einkochapparat in der Küche und das bei sommerlichen Temperaturen. Früher hatte noch jede Bohne ein Fädchen, das sorgfältig abgezogen werden musste. Das galt auch für die großen Stangenbohnen, die etwas später gereift waren. Die wurden mit der Bohnenschneidemaschine geschnippelt und dann gesalzen im Steintopf eingelegt. Wenn diese Salzbohnen später entnommen wurden, stanken sie abscheulich, schmeckten aber wunderbar. Auch Weißkohl wurde mit dem Kohlschneider fein geraspelt. Bald standen neben den Steintöpfen mit den Bohnen weitere mit Sauerkraut im Keller.

Alles in Opas Garten war gediehen – Bio-Qualität. Allerdings war man nie sicher vor irgendwelchem Getier, das sich auch an Opas Ernte gütlich tun wollte. Raupen im Kohl, Würmchen in Karotten, Blattläuse an den großen Bohnen. Denen ging es an den Kragen, als das Zaubermittel E 605 auf den Markt kam, von dem man reichlich Gebrauch machte, denn es war ja frei verkäuflich. Mittel zur Unkrautvernichtung wurden ebenso angeboten wie diverse

Schädlingsbekämpfungsmittel. Aber zum Glück haben wir das überlebt.

Die Erntezeit war lang, denn die reifen prallen Kirschen mussten gepflückt und verarbeitet werden. Manchmal hatten Schwärme von schwarzen Staren die Ernte vernichtet oder ein Gewitterregen hatte die Kirschen zum Platzen gebracht. Johannis- und Stachelbeeren wollten gepflückt und verarbeitet oder verkauft werden. Bald warteten die Zwetschen und Pflaumen auf ihre Verwertung. Ich war noch sehr klein, als Mutti durch Oma unterstützt wurde, doch Oma kränkelte und wurde zum Pflegefall. Wie oft mag Mutti hundmüde von der Arbeit ins Bett gefallen sein.

Zwei Dinge gab es nicht in Opas Garten. Er pflanzte keinen Spargel an, ich glaube, den sah er als Luxus an, oder als „neemodsch". Und ich kann mich nicht daran erinnern, dass es Tomaten gab. Vielleicht waren Opa die Pflanzen zu anfällig. Vielleicht schmeckten sie ihm nicht, wer weiß?

Es brennt

Nach dem Tod meiner Eltern zogen Heinz und ich im Jahr 1983 wieder in mein Geburtshaus nach Osterbinde. Ich arbeitete Ende der 80er Jahre ganztags in Bremen, hatte nebenbei den großen, keineswegs pflegeleicht angelegten Garten zu versorgen. Heinz war für das Rasenmähen zuständig, alles andere lag in meiner Hand. Wenn es die karge Freizeit und das Wetter erlaubten, werkelte ich im Garten rum. Viel wollte da gedeihen, wo nichts wachsen sollte, anderes schwächelte vor sich hin, obwohl es wachsen sollte.

An einem Samstagvormittag kümmerte ich mich um einen langen etwa meterbreiten Streifen, der zwischen Rasen und Zaun verlief. Ich hackte den Boden und zupfte das lästige Unkraut. Dabei ignorierte ich die Sonne, die gnadenlos vom Himmel strahlte. Als ich gegen Mittag ins Haus ging, bemerkte ich erst den starken Sonnenbrand. Gesicht, Arme, Beine, Nacken und Dekolleté waren verbrannt und sahen dunkelrot aus.

Wie gut, dass ich mir ein paar Tage zuvor ein neues Mittel zum Thema Haut und Sonne gekauft hatte. Irgendwas von „After Sun" stand auf der Flasche. Ich trug es großzügig auf, nahm zur Kenntnis, dass es zwar wunderbar duftete, aber keinesfalls bei Sonnenbrand half. Ich biss die Zähne zusammen und ertrug das gemeine Brennen auf der Haut und hatte in der Tat keine geruhsame Nacht.

Am Sonntag war das Wetter ebenso schön wie am Vortag – die Sonne schien vom wolkenlosen Himmel. Wir wollten eine kleine Spritztour machen und fuhren nach Neubruchhausen, bogen dort in Richtung

Sudwalde ab. Das so herrlich duftende After Sun Präparat hatte ich erneut aufgetragen. After Sun - nach der Sonne - das musste doch wirken.

Gegenüber der Alten Oberförsterei hielten wir auf dem Parkplatz an, um einen Waldspaziergang zu machen. Wir freuten uns an der sommerlichen Vegetation und waren wohl erst 50 m gegangen. Was dann passierte, hatte ich nie für möglich gehalten. Riesige schwarze Schwärme von saugwütigen Mücken umschwirrten mich.

Natürlich gingen einige gleich zum Angriff über. Der After Sun-Duft hatte sie scheinbar angelockt. Schnell zog ich mein T-Shirt bis fast über den Kopf, um die sonnenverbrannten Stellen zu schützen.

Zuerst hatten wir noch Spaß an dem Schauspiel, wobei Heinz nur Zuschauer war, denn ihn beachteten die Mücken nicht. Die kleinen Biester verfolgten mich, ob ich stand, rannte oder im Kreis lief. Ich glaube, die Mücken aus dem ganzen Landkreis hatten sich zum Festessen getroffen.

Als uns der Ernst der Lage klar wurde, rannten wir zum Auto zurück. Ein paar

Mücken hatten die Verfolgung sogar noch bis ins Auto geschafft.

Als wir zuhause waren, zählten wir die Mückenstiche auf dem Sonnenbrand: stolze 28 Stück. Es war wirklich die Hölle, denn es brannte fürchterlich auf der Haut. Wie gern hätte ich kratzen mögen!

Mücken

Mückenweibchen, diese dreisten Sauger, leben zwar nur ein bis zwei Monate lang, aber ich glaube fast, dass eine der anderen einen Tipp gibt: Flieg mal wieder bei Christa vorbei, die schmeckt so gut. Diese blutgierigen Insekten fallen nicht nur Menschen an, sondern sie bedienen sich auch an anderen Säugetieren, denen es nicht möglich ist, mit einer Fliegenklatsche oder einer Zeitung nach ihnen zu schlagen. Sie nähern sich mit typischem Gesumm und kündigen ihren Angriff an. Drei lange Minuten dauert es, bis das Weibchen sich vollgesogen hat, nachdem sie mit ihrem Stechrüssel eine günstige Stelle gefunden hat. Erst nach dem Rausziehen des Rüssels spürt das Opfer den Schmerz. Zu spät, die Mücke hat sich bereits mit vollem Bauch verkrümelt.
Die braven männlichen Exemplare sind wesentlich kleiner und ernähren sich ausschließlich von Nektar. Deshalb hinterlassen sie keine Stiche – sie brauchen kein Blut.

Wenn ein frischer Mückenstich wieder mal
so fürchterlich juckt, fragt man sich, ob es
diese Viecher überhaupt geben muss.
Ja! Eindeutig ja, denn Mücken dienen zum
Beispiel Fischen, Vögeln, Spinnen, Fröschen
und Kröten als Nahrung.

Oje, ohne Mücken müssten die Frösche
verhungern, und die Störche ebenso. Dann
gäbe es ja kein einziges kleines Baby mehr?
Undenkbar, dann locke ich lieber auch
weiterhin die Mückenweibchen mit meinem
Duft und meiner Wärme an.

Urlaub

Ja, sicher hatten wir früher Ferien, aber in Urlaub sind wir nicht gefahren. Wir unternahmen mit den Eltern Tagesausflüge, manchmal auch mit den Großeltern. Dann waren wir mit einem Leihwagen unterwegs, denn ein eigenes Auto hatten wir erst, als ich 15 Jahre alt war. Wir machten Verwandtenbesuche, fuhren zum Dümmer-See, an den Hämelsee oder nach Porta Westfalica. Es war jedes Mal ein Fest für uns. Genug zu Essen hatten wir im Gepäck, aber manchmal spendierten die Eltern ein Essen im Lokal. Abends waren wir pünktlich wieder zurück, um das Vieh zu versorgen.

Ferien, das bedeutete immerhin: länger schlafen, keine Schulaufgaben, mehr Zeit zum Spielen, aber auch mehr Zeit zum Helfen. Es war alles gut, so wie es war.

Aber dann kam der Knaller: Rosi durfte mit Onkel, Tante und Cousin aus Frankfurt im Jahr 1957 in Urlaub fahren. Nach Italien! Auf den Campingplatz in Marina die Massa in der Toscana. Das war das Geschenk für Rosi zu ihrer Konfirmation.

Wie stolz machte es mich, wenn ich anderen davon erzählen konnte.

Rosi war mit dem Zug nach Frankfurt gefahren, dann starteten sie zu viert im VW Käfer in Richtung Italien. Bequem war das sicher nicht, denn der VW wurde vollgestopft mit Zelt, Bettwäsche, Pott un Pannen, Lebensmittelvorräten und vielem mehr.

Dieser Urlaub war etwas ganz Besonderes, nicht nur für Rosi selbst. Ich sehe noch meine Oma, die jeden Tag mit Tränen in den Augen am Milchwagen dasselbe erzählte: „Use Rosemarie, de is in de wiete, wiete Welt." Dabei beschrieb ihr Arm einen Bogen, fast so groß wie ein Regenbogen.

Kornblumen & Co

Wenn wir Kinder früher mit dem Fahrrad unterwegs waren, brachten wir manchmal für Mutti einen Feldblumenstrauß mit. Wir pflückten nicht nur weiße Margeriten, blaue Kornblumen und roten Mohn. Das sah so herrlich aus. Obwohl wir einen großen Blumengarten mit den schönsten Blüten hatten, freute sich Mutti, brachte die Stängel auf die richtige Länge und steckte den Strauß in eine Vase. Sie wusste sehr wohl, was geschah: Die Blütenblätter fielen schon nach kurzer Zeit ab und verursachten eine kleine „Ferkelei". Der Strauß machte im Grunde mehr Arbeit als Freude. Opa duldete keine Feldblumen, speziell Kornblumen, im Haus. Er fürchtete, dass sich die Blumen durch den Samen aus dem Kompost im Garten aus-breiten könnten. Mutti musste die verblühten Feldblumen verbrennen.
Jahre später waren diese schönen Feldblumen verschwunden. Die Industrie hatte Mittel entwickelt, mit denen Unkräuter aus den Feldern vertrieben wurden.

Es dauerte wieder etliche Jahre, bis man feststellte, dass dadurch den Bienen und anderen Insekten die Nahrung streitig gemacht wurde.

Heute sieht man zum Glück breite Blüh-streifen an den Feldrändern und es leuchten wieder Kornblumen, Mohn und Margeriten. Manche Bauern rahmen ihr Maisfeld mit herrlichen Sonnenblumen.

Obwohl ein Feldblumenstrauß immer noch sehr schön anzusehen ist und an früher erinnert, pflücke ich heute keine Blumen davon ab. Die Bienen, Hummeln, Wespen und Libellen sollen doch satt werden.

Herbst

Gedanken zum Herbst

Trotz wiederholter Versuche des Deutschen Sprachvereins konnten sich im Jahr 1927 die Altdeutschen Monatsnamen Weinmond oder Gilbhard, Nebelmond oder Nebelung und Julmond nicht gegen die lateinischen Bezeichnungen durchsetzen. Es blieb also bei den Monatsnamen Oktober, November und Dezember.

In unseren Zonen ist der Herbst die Zeit der Ernte und des Blätterfalls. Die Tag- und Nachtgleiche ist am 22/23. September. Und damit geht's rasant bergab: Die Tage werden merklich kürzer, in der Regel sinken die Temperaturen. Eine Tatsache tröstet: In den Supermarktregalen liegen wieder Lebkuchen und vor allem gibt es wieder Mon Cherie. Große Dichter haben ihre Herbstgefühle in Gedichten ausgedrückt, wie auch Friedrich Hebbel (1813 – 1863):

Herbstbild

Dies ist ein Herbsttag, wie ich keinen sah!
Die Luft ist still, als atmete man kaum,
und dennoch fallen raschelnd, fern und nah,

die schönsten Früchte ab von jedem Baum.

O stört sie nicht, die Feier der Natur!
Dies ist die Lese, die sie selber hält;
denn heute löst sich von den Zweigen nur,
was vor dem milden Strahl der Sonne fällt.

Ein mir Unbekannter textete im letzten Jahr
folgendes zum selben Thema:

Herbstgedicht
Verblüht sind Dahlien und Ginster,
die Abende sind früher finster,
die Rechnung steigt für Gas und Licht,
der Tag nimmt ab…,
ich leider nicht!

Ja, so ändern sich die Menschen im Laufe
der Jahre, zumindest die Gefühle und
Ausdrucksweisen.

Herbst, das bedeutet auch Laubfärbung.
Bevor die Blätter fallen, färben sie sich in
den schönsten Farben von gelb, orange bis
rot und schließlich werden sie schrumpelig
und braun. Dieser Farbenrausch hat schon

viele Menschen in den Kanadischen Wäldern
verzückt: Indian Summer. Im Herbst zieht es
jährlich viele Urlauber ins Land des Ahorns.

Hierzulande sprechen wir häufig vom
Altweibersommer. Oft gibt es dank eines
stabilen Hochdruckgebiets eine längere
trockene Phase zwischen September und
Oktober, die eine gute Fernsicht erlaubt und
die Laubfärbung und den Laubfall
begünstigt. Winzige Spinnen segeln durch
die Luft und hinterlassen Flugfäden, die
angeblich an das ergraute Haar alter Frauen
erinnern. Es ist nicht gerade angenehm, diese
Spinnweben im Gesicht zu spüren. Aber alte
Frauen? Die haben heutzutage nicht
unbedingt graue Haare.

Feste und Feiertage

Davon gibt es im Herbst reichlich. Das Erntedankfest ist kirchlicher Feiertag nach der Ernte im Herbst, bei dem die Gläubigen Gott für die Erntegaben danken. Traditionell findet das Erntedankfest am Sonntag nach dem Michaelistag (29. September) statt, in diesem Jahr wird es am 04. Oktober gefeiert.

Es ist kein gesetzlicher Feiertag. In vielen Gemeinden ist es zum Erntedankfest üblich, den Altar mit den Produkten aus Feldern und Gärten reich zu schmücken. Die frischen Gaben werden im Anschluss an den Gottesdienst oft gemeinsam verzehrt oder an Bedürftige verteilt.

Übrigens gab es früher Zeugnisse am Michaelistag – die „Ernte" für ein Schuljahr.

Anders dagegen verlaufen die Erntefeste, die in den Ortsteilen oft von der Landjugend organisiert werden. Zahlreiche Festwagen werden prächtig mit Blumen und Früchten geschmückt. Früher wurden sie von Pferden gezogen, seit Jahren werden die Pferde durch einen Trecker ersetzt. Jeder Verein schmückt sein Gefährt, manchmal nehmen sogar Festwagen aus Nachbargemeinden an den Umzügen teil. Eine prächtige Erntekrone wird im Festzelt unter die Decke gehängt, unter der fröhlich und feuchtfröhlich gefeiert wird. Nicht selten gibt es Volkstanzaufführungen.

Ich erinnere mich an ein Erntefest, als ich vielleicht zehn Jahre alt war, ich glaube, es wurde ein Jubiläum gefeiert. Zwei junge Mädchen aus dem Dorf verteilten Rollenspiele, die von den Kindern einstudiert wurden. Rosi war eine Schnitterin, begleitet von einem Jungen, der den Schnitter darstellte. Sie sollten vermutlich stellvertretend für die Männer, die das Getreide

mit der Sense mähten und die Mägde, die das
Stroh zu Garben banden, auftreten. Es gab
noch drei weitere Schnitter-Pärchen: Die
Mädchen in bunten Röcken mit dunklem
Mieder und die Jungen im weißen Hemd zur
Lederhose.
Ich stellte mit drei anderen Mädchen die
Winde dar. Jede fasste das Handgelenk einer
anderen, wir drehten uns im Kreis und sagten
unseren Vers dazu auf:
„Wir sind die Winde, die Winde, die Winde
wir drehen die Mühle geschwinde.
Wir drehen die Mühle und mahlen das
Korn…"
den Rest weiß ich nicht mehr. Der Text lässt
sich auch nicht im Internet finden. Ich war
jedenfalls damals mächtig stolz, eine so
wichtige Rolle zu übernehmen.

Der Tag der Deutschen Einheit wird in
diesem Jahr zum 30. Mal am 03. Oktober
begangen. Es ist ein gesetzlicher Feiertag.
Am 03. Oktober trat der Einigungsvertrag in
Kraft, mit dem die frühere DDR der
Bundesrepublik Deutschland beitrat, womit
die Teilung Deutschlands nach 45 Jahren

beendet war. Zum Leidwesen der arbeitenden Bevölkerung fällt der 03. Oktober im Jahr 2020 auf einen Samstag.

Ab September bietet fast jede Stadt oder Gemeinde einen Kunst- und Handwerkermarkt, an dem zahlreiche Hobbykünstler ihre Waren anbieten und verkaufen. Die Städte organisieren Oktoberfeste und hoffen in jedem Jahr darauf, dass Petrus gnädig ist, denn so ein Markt braucht trockenes, möglichst sonniges Wetter. Die Geschäfte sind sonntags geöffnet und in vielen am Straßenrand aufgestellten Buden wartet ein besonderes Angebot. Am meisten umlagert sind die Buden, an denen es etwas zu essen und zu trinken gibt. Einige Straßen sind gesperrt und die Menschen treffen sich mit Mann und Maus zum Plaudern. Auch die Kinder kommen auf ihre Kosten, denn auf sie wartet die eine oder andere Attraktion. Wie es in diesem Corona-Jahr sein mag?

Herbstdüfte

Im Herbst riecht es ganz anders. Es duftet
nach Pilzen, die darauf warten, abgeschnitten
und verzehrt zu werden. Ich erinnere mich
noch an einen riesigen Steinpilz, den wir am
Wegesrand fanden. Bei ihm waren wir
sicher, dass er essbar war. Dennoch hatte der
schöne Schein getrügt, denn der Pilz war
durch und durch mit Gängen von Würmchen
versehen. Wir waren aber auf den
Geschmack gekommen und fuhren gezielt
los, um nach Steinpilzen zu suchen. Frisch
gebraten waren sie eine besondere
Köstlichkeit.
Wie sehr beeindruckten uns die großen
Heideflächen in Visbek und Großenkneten,
obwohl die Heide im Herbst schon fast
verblüht war.

Wegen der sinkenden Temperaturen wurden
Öfen und Herde wieder angeheizt, um die
Räume zu erwärmen. Aus den
Schornsteinen qualmte es wieder und die
Abgase der Holz- und Kohlefeuer waren zu
riechen.

Als wir im Jahr 1992 im Bayrischen Wald
unseren Urlaub verbrachten, machten wir
einen Abstecher in die damalige
Tschechoslowakei. Hier erinnerten wir uns
dort an diese Gerüche, die sich in unseren
Regionen wegen der Öl- und Gasheizungen
bereits verändert hatten.
Es roch erdig, wenn die Felder gepflügt
wurden und es stank, wenn der Miststreuer
in Aktion getreten war. Je weiter die Zeit
voranschritt, desto modriger roch es.

Der Geruch nach Chrysanthemen und Astern
lag in der Herbstluft und gerade der sollte

vor vielen Jahren mein Leben drastisch verändern.

Als Kind nuckelte ich leidenschaftlich gern. Nicht auf dem Daumen, wie es die Kinder gewöhnlich tun, nein, ich nuckelte auf dem Zeigefinger. Die Innenfläche der rechten Hand zeigte nach oben und ich ließ meinen Zeigefinger genüsslich über den Gaumen streifen, sofern ich nicht lustvoll daran sog. Das ging auch nur mit der rechten Hand, der linke Zeigefinger wollte mir nicht schmecken. Wie oft hatten meine Eltern versucht, mir diese Unsitte abzugewöhnen. Im Guten und im Bösen – es war vergeblich. Der Finger wurde mit Senf bestrichen, das machte mir nichts aus.

„Bald kommst du in die Schule und alle Kinder werden dich auslachen", hörte ich häufig. Ich nuckelte gelassen weiter, noch war es ja nicht so weit.

Vor unserem Haus gediehen die Winterastern prächtig. Als sie verblüht waren, mussten sie abgeschnitten werden. Ich half den Erwachsenen dabei und bugsierte die kräftigen Stiele mit den welken Blüten und Blättern daran auf die

Schubkarre. Von dort aus gelangte das Strauchwerk auf dem Komposthaufen.

Es war schon fast dunkel, als wir unsere Arbeit beendet hatten. Also hieß es: „Hände waschen". Das habe ich auch getan, gründlich sogar. Mehrfach! Doch der strenge Geruch nach Winterastern blieb an den Händen, auch am rechten Zeigefinger. Ich wusch die Hände wieder und wieder, doch der Finger schmeckte widerlich. Auch am nächsten Tag noch. Und so kam es, dass ich das Nuckeln zwangsläufig einstellte.

Basteln

Im Herbst bastelten wir schöne Dinge aus gefärbtem Laub, gesammelten Eicheln und Kastanien. Kleine Männchen mit Armen und Beinen aus Streichhölzern standen auf der Fensterbank, bis sie verschrumpelt waren. Wenn Mutti Apfelmus kochte, suchten wir die Apfelkerne aus den Gehäusen. Wir trockneten sie und fädelten sie auf, um eine Kette davon zu machen, die wir stolz trugen. Etwas Haarspray machte die hübsche Kette widerstandsfähiger und verlieh ihr einen schönen Glanz.

Einige Väter bastelten Drachen mit ihren oder für ihre Kinder, um die Drachen im Herbstwind auf den Stoppelfeldern steigen zu lassen. Ich erinnere mich nur ganz vage an einen derartigen Versuch in unserem Haus. Ich meine, wir Kinder versuchten Zeitungspapier zu verarbeiten, weil wir gerade kein geeignetes Papier zur Verfügung hatten. Das war natürlich ein glatter Reinfall.

Viele Kinder bauten ihre Laterne selbst, wir
hatten eine gekaufte zieharmonikaartige
Laterne und einen Lampion mit

lachendem Mondgesicht. Innen war jeweils
eine kleine Halterung angebracht, gerade so
groß, dass eine Weihnachtskerze hinein-
passte. Wenn wir singend mit den Laternen
durchs Dorf zogen, war das eine spannende
Angelegenheit, denn allzu häufig ging eine
der Laternen in Flammen auf, weil sie schief

gehalten wurde oder ein Windstoss sie zum Schwanken gebracht hatte. Noch heute gibt es dieses herbstliche Kindervergnügen, oft zum 10. oder 11. November, zum Gedenken an Martin Luther. Manchmal sind es kleine Gruppen eines Kindergartens, manchmal sind es Laternenumzüge, die von Vereinen, den Gemeinden oder anderen Einrichtungen organisiert werden. Vielerorts werden die Umzüge von einem Spielmannszug begleitet. Zum Glück sind die Lichter in den heutigen Laternen batteriebetrieben - so werden Tränen wegen einer abgefackelten Laterne vermieden. Die Lieder „Ich gehe mit meiner Laterne" oder „Laterne, Laterne, Sonne Mond und Sterne" sind immer noch nicht aus der Mode gekommen. Ein schönes Stück Nostalgie.

Hagebutten

Im Herbst leuchten die roten oder orange-
farbenen Früchte der Heckenrosen schon
von weitem. Wir Kinder hatten Freude daran,
die Hagebutten aufzupulen, um das Innere
herauszuholen: Juckpulver. Wir kannten
damals nicht das Geheimnis der Hagebutte,
schätzen aber die Wirkung.
Genau untersucht findet man im Innern der
reifen Frucht kleine Nüsschen, die von
feinen Härchen mit Widerhaken umgeben
sind, die bei Hautkontakt Juckreiz
hervorrufen.
In Hinsicht auf Juckpulver war man als Kind
viel lieber Täter als Opfer. Jeder versuchte,
einem anderen Kind eine Portion Juckpulver
hinter den Kragen zu bringen und freute sich
über den ausgelösten heftigen Juckreiz auf
dem Rücken, der im Grunde erst nachließ,
wenn die Garderobe gewechselt wurde.
Mit Annemarie erinnerte ich mich an eine
Geschichte, die sie mir damals erzählt hatte,
damals, das mag schon 70 Jahre her sein:
Die Kinder ahnten auf dem Schulhof nicht,
dass der Rektor sie persönlich im Auge hatte,

als sie gerade versuchten, Juckpulver-Opfer
zu finden. Er kam angepoltert und fuhr böse
dazwischen:

„Wer von euch hat Juckpulver dabei?"

Fast alle schüttelten den Kopf und sahen
verschämt nach unten. Annemarie auch.

Dann wurde es ernst, denn der Herr Rektor
befahl: „Hände auf!"

Und da kam es zum Vorschein, dass
Teufelszeug. Auch das in Annemaries
Händen, die sich darauf für ihre Lüge eine
schallende Ohrfeige einfing. Ich erinnerte
mich an ihre damalige Schilderung und
sagte: „Das hatte dir doch die Edith
zugesteckt, oder?"

„Ach", bekannte Annemarie, „Das war
meine damalige Schutzbehauptung. Das
stimmte nicht, das war gelogen. Es war mein
Juckpulver. Aber das Schlimmste kommt
noch. Sonst bin ich immer mit Edith nach
Hause gegangen, aber an diesem Tag war sie
schon weg. Als ich nach Hause kam, war
Ediths Mutter schon bei uns und hatte mich
wegen meiner Ohrfeige verpetzt.

Annemarie, eine sonst so brave Schülerin hatte ihre weiße Weste beschmutzt und das machte ihr lange zu schaffen.

Aus heutiger Sicht wundert man sich über schlagende Lehrer, die damals keine Seltenheit waren.

Ackerbau und Viehzucht für Anfänger

Darüber wusste ich nicht viel, als wir 1983 wieder in Osterbinde wohnten. Ja, sicher hatte ich häufig in Haus und Garten geholfen, aber als kleine Handlangerin. Eigenständig im Garten zu arbeiten war also Neuland für mich. Heinz und ich probierten viel aus, mal mit mehr mal mit weniger Erfolg.

An der Stallwand befand sich der Komposthaufen, auf dem alles Grünzeug wie Küchenabfälle abgeschnittenes Strauchwerk, Rasenschnitt und Unkraut entsorgt wurde. Zum ersten Mal in meinem Leben hatte ich Kürbiskerne gelegt, die auch gut gediehen. Für die dicken Kürbisse hatten wir allein keine Verwendung, sie wurden verschenkt. Einen aber schlachtete ich und bereitete Kürbiskompott zu, wovon ich einige Gläser einkochen konnte. Die sperrigen Kürbis-ranken landeten natürlich auf dem Kompost-haufen. Sie lagen gleich neben den welken Zucchinipflanzen.

Plötzlich war das Thema „Kompost" wichtig für uns, deshalb schafften wir uns einen

Komposter an, nachdem wir einmal das rege Regenwurmdasein im Komposter eines Nachbarn verfolgen konnten. Jemand, der es gut mit mir meinte, riet mir: „Du musst den Kompost erst umstoßen!" Auf mein fragendes Gesicht fuhr er fort: „Zuerst musst du das obere nach unten bringen. Und die Ranken da, die leg man ganz nach unten. Das dauert, bis die vergangen sind."

Gesagt (er), getan (ich). Ich schaute auf die Uhr und war sicher, dass ich das noch vor der Dunkelheit schaffen würde. Mit einer Forke in den Händen ging es los. Ich merkte, dass das ein großer Kraftaufwand war und begrüßte es, wenn Bekannte und Nachbarn stehenblieben und mich „im Schnack" von der Arbeit abhielten. Die Dämmerung kam schneller als gedacht, aber die Straßenlampe spendete noch genug Licht. Ich spuckte noch einmal in die Hände und steckte die Forke kraftvoll in Richtung Komposthaufen mit den Kürbis- und Zucchiniblattwerk obendrauf. Es entstand ein seltsames quietschendes Geräusch und ich hatte das Gefühl, die blanken Zinken der Forke seien von den Kürbisranken abgerutscht. Ich zerrte vergeblich an dem langen Ranken, alles rutschte von den runden Zinken der Forke wieder ab. Also neuer Versuch: Hauruck und zack rein ins einst grüne vergangene Zeugs. Da war es wieder, das ungewöhnliche Quietschen, das mich irgendwie belustigte. Es gab noch einen dritten Versuch mit demselben Effekt, denn es quietschte erneut, aber auf der Forke blieb nicht viel zurück. Ich sah ein, dass es besser war, die Arbeit im Hellen vorzunehmen. Dann erschrak ich, denn plötzlich bewegte sich da etwas an der Stallwand und ich sah, wie eine dicke Ratte langsam davon schlich. Vermutlich hatte ich sie verletzt. Schreiend warf ich die Forke im hohen Bogen weg und lief davon. Oh Gott und das passierte mir, die doch sonst nicht mal einer Fliege etwas zuleide tun konnte. So viel zum Thema Ackerbau.

Wir hatten auch einen Hühnerhof mit einem Hühnerstall geerbt. Im Frühjahr hatten wir uns sechs Junghennen angeschafft, die bald fleißig dicke braune Eier legten. Aber wir hatten damals weder an Herbst noch Winter gedacht. Es war sehr beschwerlich, die Eier aus dem hinten liegenden Hühnerhaus zu holen. Auch das Füttern war manchmal abenteuerlich, wenn der Boden matschig war. Es gab also nur eine Lösung – die Hühner mussten zum Winter weg. Für sie wäre es im Häuschen zu kalt gewesen, für uns zu waghalsig. Aber Hühner schlachten? Das war nichts für Heinz und mich, das musste schon ein Anderer erledigen. Wir fragten einen, der in unseren Augen ein Experte war, denn er war gelernter Schlachter. Wir hatten Glück, er sagte zu. Als es soweit war, fragte er uns, ob uns die Hühnerhaut schmecken würde. Wir sagten, dass wir das Huhn für eine gute Suppe mit Haut kochen würden. Allerdings würde sie nie im Ragout oder in der Suppe zu finden sein. Sein Wunsch nach einem großen Eimer mit Wasser wurde erfüllt. Wir waren nicht dabei, als es den Hühnern an den Kragen ging. Als er fertig war, sagte er, dass er die Abfälle im Garten eingegraben habe und drückte uns den Eimer mit sechs nackten Hühnerschwestern in die Hand. Dabei strahlte er uns an:

„Ich habe sie gleich gehäutet, die Haut esst ihr ja sowieso nicht."

Geschmeckt haben sie dennoch, unsere Bio-Hühner.

Im Frühjahr überlegten wir – sollten wir uns wieder Hühner anschaffen? The same procedure as last year? Es gab Sinn, denn sonst hätten wir den Hühnerhof einebnen müssen, um dort Rasen zu säen. Eins war sicher, es würde einen anderen Schlachter geben.

Als ich vor Einzug der neuen Junghennen Frühjahrsputz im Hühnerhaus machen wollte, traute ich meinen Augen nicht: In einem der Nester lagen dicht nebeneinander sechs Hühnerköpfe. Farbenfroh lagen sie da, als wären sie eben erst abgelegt worden. Das war kein schöner Anblick.

Äpfel

Ich glaube, in unserem Garten gab es acht
große alte Apfelbäume, die meist reichlich
Ernte trugen. Für die Kirschernte war Mutti
zuständig und ich wunderte mich häufig, wie
unbeschwert sie auf der Leiter stand, um die
süßen Früchte zu ernten. Ich meine, sie
fühlte sich da oben so frei wie ein Vogel.
Im Stall hingen drei Leitern, Mutti brauchte
meist die kleine oder die mittlere Leiter für
die Kirschernte. Zusammen mit Vati stellte
sie die Leiter im Baum auf, sie hatte aber
genug Routine, die Leiter allein umzustellen.
Obwohl wir so viele Äpfel hatten - grüne,
gelbe, rotbackige – kannte ich eine
Apfelsorte, die mir besser als unsere
schmeckte und dieser Baum stand bei meiner
Freundin im Garten. Zufällig hatte ich diesen
Apfel einmal probiert. Ich traute mich nie,
um einen Apfel zu bitten, wo wir doch viel
mehr hatten. Also schlich ich mich
manchmal heimlich an, natürlich an der
rückwärtigen Hausseite. Bäuchlings robbte
ich unter den Zaun hindurch und stiebitzte
drei oder vier Falläpfel. Wenn ich Pech hatte,

waren sie wurmstichig. Dann musste ich am nächsten Tag heimlich wiederkommen, denn diese Äpfel waren ein Traum. Zum Glück bin ich nie erwischt worden.

Für die Apfel- und Birnenernte war unser Vater zuständig, denn dafür war die lange schwere Leiter gefragt. Der Boskop-Apfel wurde als letzter geerntet.

Wenn die lange Leiter aufgestellt war, band er sich einen großen Leinensack über der linken Schulter fest, so dass er problemlos die Äpfel in der oberen Sacköffnung verschwinden lassen konnte. Für das Pflücken stand ihm nur das Wochenende zur Verfügung, denn wenn er abends nach Hause kam, war es schon zu dunkel. Die Aktion fand notfalls bei Regen, Sturm oder Nebel statt. Die Äpfel mussten runter, denn am nächsten Wochenende konnte es eventuell schon frieren.

Wenn Vati wieder unten war um den Sack zu leeren, hatte ich das Gefühl, der wäre genau so schwer, wie der Pflücker selbst. Unermüdlich kletterte er wieder nach oben, nachdem er für die Leiter einen neuen sicheren Stand gefunden hatte. Ich kann nicht sagen, wie viel Angst ich an einem solchen Wochenende um meinen geliebten Papa hatte.

Noch mehr Feiertage

Der Reformationstag am 31.Oktober ist in den meisten Bundesländern gesetzlicher Feiertag. Dieser Tag wird von den evangelischen Christen im Gedenken an die Reformation der Kirche durch Martin Luther gefeiert.

Andere Menschen feiern am 31. Oktober Halloween, ein Fest der Kelten mit Ursprung in Irland. Sie feierten die Ernte und den Beginn der kalten Jahreszeit, es ist auch ein Fest zu Ehren des Totengottes Samhain. Seit vielen Jahren wird Halloween in den Vereinigten Staaten als Kostümfest gefeiert. Die Häuser sind gespenstisch geschmückt, es werden Kürbislaternen aufgestellt und die Kinder ziehen singend von Haus zu Haus und fordern Süßigkeiten. In Deutschland steigt seit Jahren die Beliebtheit von Halloween. „Süßes oder Saures", mit diesem Schlachtruf ziehen Scharen kleiner Hexen, Gespenster und Monster von Tür zu Tür mit dem Ziel, von den Bewohnern Süßigkeiten zu erhalten. Ähnlich gruselig kostümieren sich Erwachsene, die sich zu Partys verabreden.

Am 1. November begehen die katholischen Christen Allerheiligen. Sie gedenken der Heiligen. Am Folgetag - Allerseelen - gedenken sie dagegen der Verstorbenen. Der 1. November ist in einigen Bundesländern Feiertag, Allerseelen am 02. November dagegen nicht. An diesen Tagen werden die Gräber mit Grün und Blumen geschmückt, dazu werden Grablichter aufgestellt.

Es hört nicht auf mit den traurigen Gedenk- und Feiertagen im Herbst.

Der Volkstrauertag ist ein staatlicher Gedenktag und wird zwei Sonntage vor dem ersten Advent begangen, zum Gedenken an die Kriegstoten und Opfer der Gewalt- herrschaft aller Nationen.

Der darauf folgende Mittwoch ist der Buß- und Bettag, ein Feiertag der evangelischen Kirche. Ich sehe noch, wie meine Großeltern an diesem Tag festlich gekleidet ins Dorf gingen. In einem Haus richtete der Pastor das Abendmahl für die Osterbinder Senioren aus. Wenn die Großeltern außer Reichweite waren, brieten wir uns heimlich Spiegeleier,

die wir genüsslich verzehrten. Opa lehnte
Eier ab, egal ob gebraten oder gekocht.
Dachte er damals schon an seinen
Cholesterinspiegel? Abends gingen die
Eltern zum Abendmahl in die Kirche.
Der nächste Sonntag ist ein weiterer stiller
Feiertag, an dem die evangelischen Christen
der Toten gedenken. Häufig wird der
Gottesdienst am Totensonntag in der
Friedhofskapelle abgehalten. Feierlich-
keiten, Ausstellungen und Märkte werden an
diesem Tag untersagt.
Der 11. November ist wieder ein besonderer
Tag. Der Martinstag wird zu Ehren von
Sankt Martin begangen. Von zahlreichen
Bräuchen gibt es zu erzählen. Das allseits
beliebte Martinsgans-Essen wird rund um
den 11. November angeboten. In vielen
Städten gibt es den Martinszug, der von
singenden Kindern begleitet wird, die mit
ihrer Laterne laufen. Oft spielt eine Blas-
kapelle dazu. Vorneweg erinnert ein Reiter
in rotem Mantel auf einem Schimmel sitzend
an den heiligen Sankt Martin. An das
leibliche Wohl wird auch gedacht, denn es
gibt Stutenkerle aus Hefeteig mit

Rosinenaugen. Zum Abschluss gibt es häufig das Martinsfeuer, zu dem sich eher die Erwachsenen treffen. Der Glühwein wird bei dieser typischen nasskalten Witterung schmecken. Einige Kinder treffen sich zum Martinssingen, sie gehen von Haus zu Haus und bitten um Süßigkeiten.

Für uns hatte der nächste Feiertag, der sechste Dezember eine besondere Bedeutung, der Nikolaustag. Am Vorabend stellten wir Teller auf die Fensterbank, in der Hoffnung, dass der Nikolaus sie in der Nacht mit Leckereien füllen würde. Unsere Eltern erzählten, dass der Nikolaus von Knecht Ruprecht begleitet würde, der mit seiner Rute die bösen Kinder bestbestrafte. Wir wussten wohl, dass auch einige Kinder ihre Stiefel vor die Tür stellten, um sie vom Nikolaus füllen zu lassen. Darauf wollte ich lieber verzichten, denn Kekse und Schokolade aus dem Stiefel? Das war mir nicht geheuer, wenn auch der Gedanke nicht zu verachten war, dass in so einem Stiefel mehr Süßkram untergebracht werden konnte, als auf einem Teller. Wir hatten uns für die großen Suppenteller entschieden. Lange blieb ich wach und wartete, ob ich etwas hören konnte. Beruhigt konnte ich einschlafen, wenn ich endlich das Geräusch von den auf den Teller gleitenden Braunkuchen wahrnahm. Dann wusste ich genau, der Nikolaus hatte uns nicht vergessen und ich vermutete, dass außer den Keksen noch anderes auf dem Teller lag. Es machte mich keineswegs misstrauisch, wenn ich feststellte, dass die Kekse genauso aussahen und schmeckten wie die, die Mutti gebacken hatte.

Auch in unseren Regionen laufen die Kinder verkleidet am sechsten Dezember abends von Haus zu Haus, singen ihre Lieder und bitten vor allem in den Geschäften um Süßigkeiten. Es machte mich damals sehr traurig, dass wir nie mitlaufen durften, denn die Erwachsenen sahen das als Bettelei an.

Reformationstag

Einen Reformationstag habe ich nie vergessen können. Rosi ging in der ersten Klasse zur Schule, der Kalender stand auf dem 31. Oktober, dem Reformationstag. Mutti war erstaunt, weil Rosi sich gar nicht schulfertig gemacht hatte.

„Willst du denn gar nicht zur Schule?", fragte Mutti erstaunt.

„Nein, heute nicht. Heute ist doch Reformationstag."

„Müsst ihr denn nicht in die Kirche?" Mutti bohrte weiter.

Rosi war fest überzeugt davon, dass heute schulfrei sein würde. Mutti kam das spanisch vor und sie bohrte immer weiter. Vergeblich, Rosi wollte weder zur Schule noch zur Kirche gehen. Die Stimmen der beiden wurden lauter.

Wir hatten damals noch kein Telefon, um in der Schule oder bei Schulfreundinnen die Frage zu klären. Rosi war sich so sicher, hatte sie gestern doch gerade noch mit Beate darüber gesprochen. Beate aber hatte wirklich schulfrei, denn sie war katholisch.

Als der Streit von Mutter und Tochter den Höhepunkt erreicht hatte, stand plötzlich Lisa in der Tür, um ihre Freundin für den Kirchenbesuch abzuholen.

Die dicke Luft spüre ich noch heute, obwohl ich doch erst knapp vier Jahre alt war.

Hastig wurde Rosi stadtfein gemacht und Lisa und Rosi machten sich auf den Weg zur Kirche.

Das große Donnerwetter setzte erst ein, als Rosi zurück gekommen war. Auf dem Küchenschrank lag immer der Knotenstock bereit, ein Bambusstab. Ich weiß heute nicht mehr, ob er nur als Drohung galt, oder ob er an diesem Tag tatsächlich eingesetzt wurde.

Ich weiß aber noch genau, dass Mutti Rosi in den Keller steckte und die Tür verschloss.

Ich schrie wie am Spieß und hatte schreckliche Angst um meine Schwester.

Hatte ich doch im Keller schon mal Spinnen, Schnecken und sogar einen Frosch entdeckt.

Ich glaube, dass mein Gezeter Mutti veranlasste, Rosi aus ihrem Gefängnis zu befreien.

Ich war darauf vorbereitet, dass sie traurig und weinend wieder auftauchte. Rosi aber war putzmunter und sagte nur:

„Schade, dass ich keinen Löffel hatte. Sonst hätte ich mir ein Glas Erdbeeren aufgemacht."

Freimarkt

Gern erinnere mich noch an die Besuche des Bremer Freimarkts. Es war ja schon ein Ereignis, mit Mutti und Rosi im Zug nach Bremen zu fahren. Wir zählten die Stationen; Bramstedt, Syke, Barrien, Kirchweyhe, Dreye, Hemelingen und dann kam die End-station, der Bremer Freimarkt. Hier hatten wir uns mit unserem Vater verabredet, der von der Arbeit kam und manchmal schon beim steinernen Elefanten auf uns wartete. Oder wir mussten auf ihn warten, inspizierten alle Fahrgäste, die aus der Straßenbahn ausstiegen. Endlich waren wir vier komplett und konnten den Freimarkt-besuch starten. Einmal verkürzten wir die Wartezeit und sahen zu, wie ein Pelikan mit Fischen gefüttert wurde. Es sah eigenartig aus, wenn sich der Hautsack unter dem Schnabel dehnte, der scheinbar Platz für viele Fische hatte.

Auf dem Freimarkt roch es so lecker, mal nach Gebratenem, mal nach Süßkram. Mutti und Vati freuten sich über Pferdewürstchen, die Rosi und ich nicht essen mochten.

Pferdefleisch, das war uns nicht geheuer, obwohl der Duft verführerisch schien. Schmalzkuchen und gebrannte Mandeln hatten es uns angetan. Die Eltern entschieden sich noch für ein Fischbrötchen.

Und dann ging es ab ins Karussell. Und da gab es einige auszuprobieren.
Interessant fand ich, dass wir Bremen bei Dunkelheit erleben durften. Und wenn es dann ins Riesenrad ging und uns das Bremer Lichtermeer zu Füssen lag, war die Seligkeit vollkommen.
Mit einem großen Lebkuchenherz um der Hals ging es wieder nach Hause, Das wurde im Zug aber schon etwas angeknabbert.

Zum Schluss

Meine kleine Reise durch die Jahreszeiten ist fast beendet. Ich habe viel über die herbstlichen Feiertage geschrieben – die Adventssonntage gehören auch dazu. Die vier Sonntage gelten als Vorbereitungszeit für Weihnachten. Schon wären wir wieder im Winter angelangt.

Wegen Corona war in diesem Jahr alles anders, nicht nur in unseren Graden, nein weltweit hat dieses Virus das Leben der Menschen verändert. Dank der Sicherheitsmaßnahmen war der Höhepunkt im April schnell überwunden, doch leider kann dieses dunkle Kapitel noch nicht abgeschlossen werden. Wir alle wissen, wie schwer es war, Kranke und Bewohner im Altenheim nicht besuchen zu dürfen. Traurig, dass vertraute Angehörige nicht die Hand eines Sterbenden halten durften. Alle verhängten Maßnahmen dienten zu unserem Schutz. Abstandhalten, gründliches Händewaschen, Tragen von Mund- und Nasenschutz, wir werden häufig genug darauf hingewiesen.

Da ist aber noch die wirtschaftliche Seite, denn viele Menschen verloren ihren Arbeitsplatz oder durften nur Kurzarbeit verrichten. Wochenlang waren die Kinder zuhause, konnten nicht in die Kita, in den Kindergarten oder zur Schule.

Und, und, und – ich müsste noch so viele Kriterien aufführen, wir alle hören die Fakten täglich im Fernsehen.

Hier spricht man allerdings auch über Entschleunigung und sogar über geringere Abgaswerte.

Mir ist aufgefallen, dass viele Menschen freundlicher zueinander geworden sind. Da hört man ein freundliches „Bleiben Sie gesund" oder „Darf ich Ihnen helfen" von jemandem, den man unter seiner Maske gar nicht erkannte.

Wie schön wäre es, wenn bald keine Neuansteckungen mehr gemeldet werden müssen und die Wirtschaft langsam aber sicher wieder Fahrt aufnehmen könnte.

Ich wünsche jedenfalls allen:

„Bleibt schön gesund.".

Das Gestern ist Geschichte,

das Morgen ist ein Rätsel,

das Heute ein Geschenk.

Christa Bohlmann
geb. 1945, verheiratet, Bankkauffrau
seit Jan. 2008 im Ruhestand
www.Bohlmann.jimdo.com

Bereits veröffentlicht:

2000 **Erinnerungen**
Heitere Schmunzelgeschichten aus den
50er/60er-Jahren
Eigenverlag

2001 **Mixed-Pickles**
Anekdotensammlung: Wirkliches,
Erlauschtes. Erlebtes, Erdachtes
Eigenverlag

2002 **Kein Schatten ohne Licht**
Diagnose Brustkrebs
BoD ISBN 3-8311-4268-8

2003 **Die Buschs**
Blicke hinter die Kulisse einer
Kleinstadt-Idylle, Roman
BoD ISBN 3-8311-4926-7

2005 **Kalle Korn**
Aus dem Leben eines Ermittlers,
Roman
BoD ISBN 3-8334-2589-X

2006 **Bad Meinberg – einmal anders
gesehen**
Fantastische Erzählung
BoD ISBN 9-783837-024462-3

2009 **Weihnachtliche Herzenswärmer**
Wahre und fantastische
Kurzgeschichten
BoD ISBN 9-783839-13269-2

2009 **Aufs Mäulchen geschaut**
Anekdotensammlung von Kindern für
Erwachsene
BoD ISBN 9-7838391-21337

2010 **Weihnachtliche Wintermärchen**
Fantastische Kurzgeschichten
BoD ISBN 9-783842-30652-3

2011 **Weihnachtliche Seelenschmeichler**
Fantastische Kurzgeschichten
BoD ISBN 9-783844-801804

2012 **Bella – mehr schwarz als weiß**
Roman
BoD ISBN 9-783844-801804

2013 **Weihnachtliche Plaudereien**
Weihnachtliche Kurzgeschichten
BoD ISBN 9-78732-281145

2014 **Bittersüß**
Roman
BoD ISBN 9-783735-770820

2014 **Bold is Wiehnachten**
plattdeutsche Weihnachtsgeschichten
BoD ISBN 9-783738-604139

2015 **Apfelgrün und blutrot**
Roman
BoD ISBN 9-783738-646627

2016 **Haarscharf**
   Roman
   BoD ISBN 9-783741-291227

2017 **Als Oma noch Kind war**
   Erinnerungen an die 50-er,60-er Jahre
   BoD ISBN 9-783746 001524

2018 **Wenn Oma und Opa erzählen**
   Erinnerungen an die 50-er, 60-er Jahre
   BoD ISBN 978-3-7528-8521-7

2019 **Eiskalt**
   Kriminalroman
   BoD ISBN 9-783749-499816

Alle Bücher erhältlich unter
www.bohlmann.jimdo.com